Le LIVRE de POCHE

JEUNESSE

KAY HAUGAARD

Kay Haugaard est américaine ; elle a grandi dans une petite communauté agricole de l'Oregon, puis a fait des études d'Histoire de l'art à l'université. D'abord tentée par la peinture et l'illustration, c'est un peu par jeu qu'elle a publié, à dix-huit ans, son premier récit dans une revue. Elle en a écrit beaucoup d'autres depuis, pour les adultes et les enfants, ainsi que des articles et des essais. Elle vit en Californie avec son mari, architecte, et ses trois fils ; elle enseigne depuis 1970 l'art de la nouvelle au Collège de Pasadena.

LA PETITE FILLE
AU KIMONO ROUGE

Kay Haugaard

LA PETITE FILLE AU KIMONO ROUGE

Traduit de l'anglais
par F. de Lassus-Saint-Genies

Illustrations
de Jacqueline Duhême

Éditions G.P.

Ce livre a été publié dans la langue originale
sous le titre :
MYEKO'S GIFT
par Abelard-Schuman à Londres.

Chapitre 1

L'univers inconnu et terrifiant des États-Unis

Comme la chaise semble haute ! Trop haute pour Myeko. Quelquefois elle a les pieds en coton, car ils ne touchent pas le plancher quand elle est assise pour prendre son petit déjeuner avec maman-san*, papa-san et le petit Prune. En ce moment, le petit Prune est assis sur les genoux de maman-san et il plonge un doigt dodu dans son bol de riz.

Myeko tire encore sur la jupe de son uniforme bleu marine et s'agite sur sa chaise. Tout est différent aux Etats-Unis ! Les petites filles sont si jolies dans leurs robes de cou-

* Voir, en fin de volume, le lexique des mots japonais.

leurs vives ! Mais maman-san lui fait toujours porter l'uniforme sévère de l'école où elle allait au Japon. Myeko ne voudrait pas aller à l'école américaine, mais elle n'ose pas le dire. Elle penche la tête de côté et ses cheveux bruns coupés court viennent toucher son col blanc.

« Maman-san, comme j'aimerais être assise par terre comme au Japon ! »

Maman-san lève son visage rond de son bol de riz. Elle fronce les sourcils en « V », car elle est mécontente.

« Myeko-chan, tu sembles oublier que nous sommes maintenant en Californie et que nous devons essayer de nous habituer aux coutumes des Etats-Unis. »

Myeko sait bien qu'elle est aux Etats-Unis ; mais elle ne voudrait pas y être, ni même penser qu'elle y est.

« Oui, maman-san. »

Myeko prend machinalement sa serviette en papier et, de ses doigts agiles, se met à la plier pour en faire un oiseau. Tandis qu'elle s'occupe ainsi silencieusement, elle pense aux innombrables objets qu'elle a confectionnés avec sa grand-mère dans du papier orange, jaune et bleu vif : oiseaux, chèvres, canards, paons... Elle les a tous laissés à Obaa-san dans sa petite maison de papier

d'Osaka. Combien elle voudrait être là-bas !

Papa-san pose sa tasse et demande, comme il le fait si souvent :

« Myeko-chan, tu aimes ta nouvelle école américaine ? »

Et, une fois encore, comme elle le fait chaque jour, Myeko répond sans lever les yeux :

« L'école est très bien, papa-san. »

Cela, au moins, elle peut le dire sans mentir. Mais ce que Myeko ne pourra jamais avouer à papa ou à maman-san, c'est la tristesse de son cœur. Comment pourraient-ils imaginer ce que c'est que de se sentir si seule ?

Myeko n'aime pas l'univers immense et effrayant des Etats-Unis. Dans sa nouvelle école, elle est la plus petite de toute la classe de Miss Price. Un jour, pendant une interrogation orale d'orthographe, elle s'est trouvée près d'une petite fille qui s'appelle Carole, et elle ne lui arrivait qu'à l'épaule...

Il y a beaucoup d'enfants à l'école, mais pas un qui soit son ami ! La petite fille à nattes, qui est assise de l'autre côté de l'allée et qui s'appelle Harriet, ne semble pas aimer Myeko. Harriet connaît presque toutes les réponses aux questions de Miss Price, mais, si Myeko répond seulement une fois comme il faut, Harriet lui chuchote :

« Oh ! la savante ! Oh ! la savante ! »

Pourtant, celui qu'elle craint le plus, c'est un petit garçon du nom d'Orville. Il est assis derrière elle et il a des cheveux presque blancs, courts et drus comme les poils d'un blaireau. Il porte des lunettes cerclées de plastique incolore et sa peau est si pâle qu'elle le fait ressembler à un beignet mal cuit. S'il se tenait devant un mur blanc, on ne pourrait sûrement pas le voir – mais on pourrait toujours l'entendre !

A la seule pensée de ce qu'il lui a dit la veille pendant que Miss Price écrivait des soustractions au tableau, Myeko ne peut s'empêcher de frissonner comme si elle avait froid. Il a menacé Myeko de lui passer le doigt dans son taille-crayons à la récréation si elle ne lui prêtait pas immédiatement une feuille de copie ! Et, le jour précédent, il a été jusqu'à l'appeler « la puce » ! Pourquoi la comparer à une aussi méchante petite bête ? C'est sûrement la pire des insultes !

Au moment où elle s'apprête à plier les ailes de son oiseau de papier, Myeko entend la voix de maman-san qui semble venir de très loin :

« Qu'est-ce que tu fais, Myeko-chan ? Ce n'est pas le moment de penser à l'*origami*. Mange. Il est bientôt l'heure de partir. »

Myeko sort de son rêve.

Elle hésite et murmure pourtant :

« Est-ce que je ne pourrais pas étudier à la maison ? »

Maman-san est sur le point de répondre, mais papa-san lève la main pour l'en empêcher. Ses yeux se plissent en un sourire. Papa-san est jardinier. Il est capable de faire pousser des plantes même dans une rue pleine de voitures ! Et il aime toutes les plantes, car il pense que chacune a une âme que l'on doit respecter. Il se met à parler lentement :

« Myeko-chan, quelles graines as-tu plantées dans ce pays des Etats-Unis ? L'amitié aussi doit être plantée avant de pousser.

– Oui, papa-san », dit Myeko.

Mais elle se demande ce qu'il veut bien dire. Elle n'a aucune envie de planter des graines dans ce pays étranger. Elle n'a qu'un désir : le quitter !

Myeko prend son mince *obento* de métal. Elle le tient dans sa main avec un livre de classe qui est à peu près de la même taille.

Juste comme elle commence à descendre les marches du perron, Myeko aperçoit une petite fille blonde qui passe en traînant les pieds dans les feuilles et en faisant virevolter sa jupe rouge fleurie. Elle aussi va à l'école et elle tient sous son bras une gamelle bleue avec des étoiles d'argent.

Le cœur de Myeko se met à battre très fort. Elle recule sous le porche et regarde de tous ses yeux. Elle espère que la petite fille ne la verra pas. C'est Carole, une élève de sa classe. Comme Myeko voudrait lui ressembler ! Carole n'a peur de rien ni de personne, pas même d'Orville, et sa queue de cheval bouclée danse sur ses épaules. Myeko se dit qu'elle aimerait bien avoir d'aussi beaux cheveux. Elle a l'impression d'être un pauvre petit moineau insignifiant à côté d'un oiseau au plumage éclatant !

A ce moment, la cloche de l'école se met à sonner.

Que faire ? Si Myeko attend que Carole soit arrivée, elle sera en retard. Si elle se met à courir, Carole la verra sûrement. Elle regarde de gauche à droite et a la chance de découvrir un raccourci. Myeko allonge ses petites jambes autant qu'elle le peut...

Myeko est déjà assise à sa place quand Carole entre dans la classe ! Myeko ne lève pas la tête. Elle reste assise très raide à sa table. Il faut qu'elle travaille bien.

Il est défendu aux élèves de parler entre eux pendant les heures de cours. Orville, bien entendu, n'obéit jamais à cette règle. Il pique

Myeko avec un crayon en lui demandant : « Hé ! combien font trois fois sept ? »

C'est terrible ! Miss Price est en train d'expliquer quelque chose, mais Myeko ne peut rien entendre à cause des chuchotements d'Orville. Il lui tire maintenant les cheveux, là où ils ne sont pas trop courts, en demandant : « Hé ! qu'est-ce qui a des jambes et qui vole ? »

Miss Price commence à dérouler la carte de géographie et, profitant du bruit, Orville insiste :

« Alors, tu donnes ta langue au chat ? Eh bien, c'est un voleur ! »

Plusieurs enfants se mettent à rire.

Miss Price suspend la carte, s'assoit à son bureau et ouvre un livre.

« Hé ! comment est-ce que tu écris Mississippi ? » demande Orville en piquant de nouveau Myeko avec son crayon.

Il ne se tiendra donc jamais tranquille ? Myeko ne sait pas qui est Miss Issipy ni comment écrire son nom. Elle se tait.

Miss Price lève la tête :

« Qui est-ce qui parle sans cesse ? »

Pendant ce temps, Orville continue à tirer les cheveux de Myeko, mais elle se tient toujours très raide. Elle n'a pas dit un seul mot bien qu'elle soit très en colère. Que faire ?

Chapitre 2

Le poisson de papier jaune

Aujourd'hui, à l'heure du déjeuner, Myeko attend un long moment; elle veut être sûre que tous les enfants sont bien à la cantine. Elle prend son *obento* sous le bras et, traversant la grande salle vide, elle se dirige à son tour vers la cantine. Quel bruit! La cantine résonne de rires, de bavardages, de tintements de cuillères, de fourchettes et de verres. Myeko prend une serviette en papier et un verre de lait. Puis elle regarde autour d'elle pour trouver un banc où s'asseoir. Peut-être a-t-elle attendu trop longtemps? Il n'y a presque plus de places. Enfin, en voici une près du mur où se trouve l'aquarium. Ce sera amusant de regarder les poissons rouges agiter leurs nageoires comme des pétales dans l'eau claire. Ils sont si jolis que Myeko prend sa serviette en papier jaune et commence à la plier pour en faire un poisson. Mais, levant la tête, elle regrette de n'avoir pas davantage fait attention avant de choisir son banc.

Juste en face de Myeko, à la table qui est près du radiateur, se trouvent quelques petites filles de sa classe. Carole est au milieu du groupe. Elle parle, elle gesticule et elle sourit tandis qu'Harriet et les autres (Myeko croit qu'elles s'appellent Margaret et Joanne) la regardent de tous leurs yeux.

Au même moment, Myeko sent une main qui se pose sur son épaule. C'est un professeur avec un gros chignon gris qu'elle a déjà croisé dans les couloirs.

« Je suis désolée, mon petit, lui dit-elle, mais ce coin est réservé aux élèves de Miss Price. C'est là-bas qu'il faut aller vous asseoir. »

Et elle montre un endroit, près de la fenêtre, où les tout-petits sont assis.

La pièce avait paru bruyante à Myeko mais, maintenant, elle regrette qu'il n'y ait pas encore plus de bruit, car toutes les petites filles qui sont avec Carole ont entendu ! Elles éclatent de rire.

« Excusez-moi, honorable maîtresse, mais moi aussi je suis une élève de Miss Price. »

Le professeur semble étonné. Mais elle caresse les cheveux de Myeko et lui dit en souriant :

« Vous êtes si menue que je vous avais prise pour une toute petite fille ! »

Myeko n'a plus faim. Mais elle a promis à maman-san de déjeuner, aussi ouvre-t-elle son *obento*, en sort une boule de riz et commence à manger. Apercevant la morue, elle se réjouit. Pourquoi ne pas oublier ce que la maîtresse lui a dit et ne plus penser qu'à se régaler ?

Soudain, la voix d'Orville la fait sursauter :

« Mes aïeux, quelle odeur ! Est-ce qu'un des poissons rouges serait mort, par hasard ? »

Myeko lève la tête, surprise. Orville, qui est en retard, vient d'arriver et il s'assoit à côté d'elle. A la table voisine, les petites filles reniflent en faisant semblant de chercher partout. Harriet se penche pour regarder sous la table.

Orville ajuste ses lunettes sur son nez pour mieux voir ce qu'il y a dans l'*obento* de Myeko.

« Hé ! qu'est-ce que c'est que ça ? » demande-t-il en montrant les boulettes de riz. Puis il ajoute tout fort : « Hé ! c'est par ici, les filles... un poisson mort ! Et elle le mange ! »

Les petites filles se mettent à pouffer.

Deux grosses larmes noient les yeux de Myeko et son nez la pique comme si on y enfonçait plein de petites aiguilles. Si elle ne le frotte pas bien vite, on va s'apercevoir qu'elle pleure.

« Hé ! là-bas, vous entendez ? Elle le mange, ce poisson mort ! »

Harriet ricane de nouveau, mais Carole sourit à Myeko et, s'adressant à Orville :

« Tu ne voudrais quand même pas qu'elle le mange vivant ? »

Joanne, Margaret, Harriet et Carole rient si fort qu'elles s'étranglent presque avec leurs sandwiches; Myeko les imite. Comptant sur l'hilarité générale pour cacher ses larmes, elle s'essuie les yeux et se frotte le nez.

Quand ses compagnes se lèvent pour partir, Carole s'approche de Myeko et lui dit :

« Ne fais pas attention à ce qu'il dit; c'est un poison ! »

Et elle donne à Orville une bourrade amicale en passant. Puis, apercevant le petit poisson en papier près de la gamelle de Myeko, elle s'exclame :

« Oh ! c'est toi qui as fait ça ? »

Myeko esquisse un pauvre sourire. C'est la première fois qu'elle a envie de sourire depuis qu'elle est à sa nouvelle école américaine. Elle prend délicatement le poisson par le dos et l'installe sur la paume de sa main.

« Il n'est malheureusement pas très réussi et le papier n'est pas bien joli, mais tu me ferais plaisir en le prenant. »

Carole saisit le petit poisson jaune et caresse les délicates nageoires et la longue queue flottante.

« Merci. Je voudrais bien savoir en faire autant ! »

Myeko regarde vivement Carole.

« Si tu veux que je te montre... »

Mais Carole s'éloigne déjà vers ses amies qui l'attendent à la porte et elle n'a pas entendu.

« Merci mille fois pour le poisson », crie-t-elle en se retournant.

Myeko les regarde sortir de la cantine en se demandant rêveusement quelle impression cela lui ferait d'avoir beaucoup d'amis et de ne plus avoir peur. Elle se sent déjà moins seule maintenant. Puis Myeko se demande ce que papa-san dirait, s'il penserait qu'un sourire et un poisson en papier sont de bonnes graines à semer pour récolter l'amitié...

A l'école, les enfants sont très excités, car c'est ce soir la fête d'*Halloween** et, pendant le cours de dessin, Miss Price leur laisse carte blanche pour préparer des décorations.

Cela rappelle à Myeko *O-Bon*, ou la « fête des lanternes », célébrée au Japon au mois de

* *Halloween :* Fête très ancienne des pays anglo-saxons célébrée le 31 octobre, veille de la Toussaint. A l'origine on consultait les oracles ce jour-là. De nos jours, les enfants déguisés passent le soir de maison en maison, réclamant des friandises.

juillet. Cette nuit-là, elle suspendait selon la coutume ses plus jolis lampions et la nuit semblait illuminée par des milliers de lucioles. Elle allait au temple avec papa-san et maman-san et dansait dans la rue. Les lanternes avaient pour but d'éclairer les esprits des morts pour les guider vers la terre. Myeko aurait bien voulu raconter tout cela aux autres enfants, mais elle est trop timide et elle pense que cela ne les intéressera pas.

Myeko essaie de faire des dessins comme les autres, mais elle ne sait pas bien s'y prendre. Carole a peint une sorcière toute noire, avec un bonnet pointu, à cheval sur un balai !

A la récréation, Myeko décide de suivre les

conseils de maman-san et de se montrer aimable. Harriet et Margaret sont en train de jouer à un jeu qui consiste à lancer un caillou entre des lignes tracées sur le sol. Myeko s'approche et sourit. Mais, comme elle ne sait que dire, elle reste à les regarder, debout près de la balançoire. Harriet lance son caillou et saute sur les deux premiers carrés, en équilibre sur un pied.

Au moment où elle s'apprête à sauter sur un troisième carré, Myeko l'interroge :

« Comment s'appelle ce jeu ? »

Surprise, Harriet perd l'équilibre, agite les bras pour essayer de le rétablir et doit finalement poser l'autre pied par terre. Furieuse, elle se retourne en criant :

« Empotée ! Regarde ce que tu m'as fait faire ! »

Myeko a vraiment bien mal choisi son moment pour essayer de se faire des amies ! Découragée, elle rentre dans la classe pour lire. Elle en a assez de se balancer toute seule, de glisser sur le toboggan avec les petits ou de rester debout, appuyée au mur, à regarder les autres s'amuser. Tout en lisant, Myeko se dit que, malgré cet échec, elle persévérera dans ses efforts pour se lier avec ses compagnes. Elle essaiera de nouveau – bientôt – quand son courage sera revenu.

Au déjeuner, Myeko remarque un avis sur le tableau d'affichage :

Avis à ceux qui veulent faire ce soir
la « tournée des sorcières »
Réunion chez moi avant de partir
tous ensemble.

Et, au-dessous, il y a le nom et l'adresse de Carole.

Myeko a bien entendu les enfants dire qu'ils allaient faire la « tournée des sorcières », mais personne ne lui a expliqué en quoi cela consiste et elle n'a pas osé le demander. C'est peut-être amusant ? Elle est sur le point d'interroger une de ses compagnes quand elle se souvient que maman-san et papa-san lui ont promis d'aller tous au cinéma ce soir.

Myeko pousse un soupir de soulagement : elle n'a plus besoin de se forcer à demander des renseignements. Et elle se réjouit à la pensée d'aller au cinéma.

Le soir, Myeko a oublié les projets de ses camarades; elle ne pense qu'au film.

« A quelle heure partirons-nous, papa-san ?

Il faut qu'il fasse nuit, Myeko-chan, car c'est un cinéma en plein air. Nous irons avec la camionnette et nous pourrons rester dedans pour regarder le film.

– Quel drôle de cinéma ! dit Myeko en riant. Et le film, papa-san, qu'est-ce que ça va être ?

– Je crois que c'est une histoire de cow-boys et d'Indiens, dit papa-san.

– Oh ! quelle chance ! Il y aura des chevaux ! »

A ce moment, on frappe à la porte. Myeko, l'esprit tout plein de grandes chevauchées, va ouvrir la porte et se trouve nez à nez avec d'horribles créatures !

Myeko reste bouche bée. Mais elle s'aperçoit vite que ce sont des enfants déguisés, le visage caché par des masques.

« Farçoubonbon ! » crient-ils.

Myeko ne comprend pas ce qu'ils disent. Elle devine qu'ils lui demandent quelque chose, mais elle ne sait pas quoi.

« Farçoubonbon ! » répètent-ils.

Elle entend alors une voix qu'elle reconnaît :

« Donne-nous quelque chose de bon à manger, des bonbons par exemple. »

C'est la princesse qui a parlé ! Elle porte un masque avec de longs cils noirs autour des yeux et a une bouche rouge et souriante.

Myeko va chercher deux paquets de biscuits salés dans la cuisine.

Au moment où le groupe s'apprête à partir, le gros hanneton vert avec des yeux comme des soucoupes et des antennes agressives soulève son masque et la figure d'Orville apparaît.

« Hé ! où as-tu trouvé ce drôle de masque ? » demande-t-il en faisant mine d'enlever un masque imaginaire du visage de Myeko.

Les enfants se mettent à rire en descendant les marches du perron. De la couronne de la princesse s'échappe une queue de cheval de la couleur d'un beau chrysanthème jaune. Sous les longs cheveux gris de la sorcière en vert on peut voir une natte brune qui ressemble fort à celle d'Harriet.

Myeko pousse un petit soupir. Comme ce serait amusant d'être avec eux ! Peut-être encore plus que de voir galoper des chevaux dans un film de cow-boys !

Le lendemain matin, en finissant de ranger sa chambre, Myeko décide d'être courageuse et d'aborder les trois premières élèves qu'elle va rencontrer. Peut-être l'une d'elles s'arrêtera-t-elle pour lui parler la première, sait-on jamais ?

A l'école, près de la fontaine, Myeko aperçoit Joanne et Margaret qui se promènent bras dessus, bras dessous. Elles parlent très fort. Myeko prend son courage à deux mains et les regarde en souriant :

« Bonjour, Joanne ! Bonjour, Margaret ! »

Mais sa voix n'est qu'un faible murmure. Elles n'ont rien entendu et continuent leur promenade. Pourtant, Myeko ne va pas se laisser décourager pour autant !

Elle voit alors une figure pleine de taches de rousseur. C'est Harriet qui s'avance vers elle. Son cœur se serre.

Myeko, pourtant, doit tenir la promesse qu'elle s'est faite.

Elle regarde Harriet et, cette fois, sa voix ne faiblit pas :

« Bonjour, Harriet-san ! »

Myeko est embarrassée d'avoir encore dit « san ». Voilà longtemps qu'elle n'avait employé cette formule japonaise en dehors de chez elle ! Il aurait peut-être été préférable d'aborder Harriet une autre fois !

« Je m'appelle Harriet *Simm*, pas Hariett *San*. Tu ne peux donc rien dire correctement ? »

Myeko voudrait rentrer sous terre !

Miss Price s'adresse à toute la classe :

« Nous allons donner une petite fête pour vos parents vendredi prochain et j'aimerais savoir ce que chacun de vous peut apporter. »

Myeko se met aussitôt à réfléchir. Non, pas un dessin ni quelque chose qu'elle confectionnerait elle-même. Ce ne serait sûrement pas assez bien.

Carole, elle, va faire un magnifique dessin, car c'est la plus douée de la classe. Orville propose d'apporter sa collection de papillons pour décorer la salle.

« Moi je peux apporter des plats bleus et jaunes pour passer les gâteaux, dit Joanne du fond de la classe.

– Je pourrais décorer des serviettes en papier », dit Margaret à son tour.

Les enfants passent la journée à discuter avec animation de la fête des parents. Myeko ne dit mot, car elle n'a rien à apporter...

Perdue dans ses pensées, Myeko retourne lentement chez elle après la classe avec une invitation pour ses parents. Tout à coup, elle aperçoit la camionnette de papa-san. Celui-ci est déjà rentré de son travail; il est dans le jardin en train de soigner ses chrysanthèmes. Il y a des fleurs jaune d'or qui ressemblent à de petits soleils; d'autres, cuivrées, ont l'air de pièces toutes neuves.

« Alors, Myeko, te voilà rentrée de l'école ? demande papa-san en souriant.

– Oui, papa-san. »

Puis, soudain, ses yeux deviennent aussi grands que des fleurs de chrysanthèmes et sa bouche s'arrondit.

« Papa-san, est-ce que je pourrais avoir quelques chrysanthèmes pour emporter à l'école pour la fête des parents ?

– Bien sûr, Myeko. Il y en aura de magnifiques. »

Dans un rire, l'éclat de ses dents blanches illumine un instant le visage de Myeko. L'idée d'avoir des chrysanthèmes à offrir l'enchante.

Il fait gris et froid le jeudi matin quand Myeko part pour l'école.

« Bonjour, Myeko, dit Miss Price tandis que Myeko va à sa place.

– Bonjour, Miss Price. »

Myeko incline poliment la tête. Quand tous les enfants sont assis, Myeko lève le doigt. Orville, Harriet, Carole, Margaret et tous les élèves se retournent pour écouter ce qu'elle va dire.

« Je voudrais vous demander la permission d'apporter des chrysanthèmes pour la fête des parents, Miss Price.

– Quelle bonne idée, Myeko ! Personne n'a encore songé aux fleurs. »

Toute la journée, un petit sourire erre sur les lèvres de Myeko.

Comment pourrait-elle se douter que le temps deviendrait si froid pendant la nuit ?

Le vendredi matin, en sortant, elle voit ses jolies fleurs, rendues encore plus belles par la pellicule de glace qui les recouvre, gisant à terre, ravissantes, brisées et inutilisables.

Myeko sent les larmes lui monter aux yeux ! Elle voudrait mourir de honte. Comment va-t-elle apprendre la nouvelle à Miss Price ? Et où prendre des fleurs pour la fête des parents ?

Juste au moment où Myeko se sent assez de courage pour lever le doigt et expliquer son malheur, elle entend Miss Price qui dit :

« Maintenant, pour que la fête soit pleinement réussie, récapitulons bien ce que chacun doit apporter ce soir. »

Elle énumère tour à tour le nom des enfants et ce qu'ils doivent offrir. Souriant à Myeko, elle ajoute :

« Et Myeko fournit les fleurs. »

Orville, alors, tire les cheveux de Myeko et dit :

« Hé ! la puce, quelles fleurs est-ce que tu vas apporter ? »

Elle devrait carrément avouer qu'il n'y aura pas de fleurs, mais elle n'ose pas. Elle pense : « Je le dirai plus tard... »

En rentrant à la maison, Myeko va au jardin, le cœur serré. C'étaient les dernières fleurs, les toutes dernières de la saison ! Papa-san la regarde du porche de la maison et lui dit :

« Je suis désolé pour toi, Myeko. Je ne pensais pas qu'il gèlerait. Il te reste encore les bambous. »

Mais elle ne peut songer à les emporter en classe. Elle a promis des fleurs. Comment les Américains pourraient-ils savoir qu'au Japon on pense que les feuilles et les branches sont aussi décoratives que des fleurs ? Myeko regarde tristement les bambous. Oh ! c'est impossible ! Mais elle n'a pas le choix. Lentement, elle va vers la maison et prend une paire de ciseaux dans la cuisine.

Myeko choisit un bol dans lequel elle arrangera trois gracieuses branches de bambou. Elle se sent très malheureuse. Les bambous ne sont pas aussi gais que les chrysanthèmes.

Myeko, pourtant, pique dans le bol une grande branche raide et mince qui s'élance fièrement en l'air. Ce sera sa ligne du « ciel* ». Myeko choisit la seconde branche, parce qu'elle pousse horizontalement et étale ses feuilles rouges et délicates tout près du

* Dans l'*ikebana*, l'art de faire les bouquets au Japon, la position de chaque branche a une signification particulière.

sol comme pour être bien à l'abri. Après l'avoir retournée longtemps dans sa main pour choisir la meilleure position, elle la place soigneusement sous la première branche. Ce sera sa ligne de « terre ». Elle considère longuement son dernier morceau de bambou. Gracieusement recourbé, il est encore différent des autres. Il se redresse un peu comme s'il essayait de s'élever vers le

ciel, mais il est également tourné vers la terre. Myeko le fixe harmonieusement entre les deux autres. C'est sa ligne d'« humanité ». Mais Myeko sait qu'« humanité » dans l'*ikebana* signifie n'importe qui. C'est aussi bien elle, pense-t-elle, hésitant entre le bonheur et la tristesse, entre le Japon et l'Amérique. Mais non ! Ce ne peut être Myeko. Elle ne se sent pas aussi bien équilibrée.

Tôt dans l'après-midi, Myeko va à l'école avec papa-san et maman-san et, en arrivant, elle place son bol de faïence brune sur la table de la grande salle. La collection de papillons d'Orville est déjà accrochée au mur dans des sous-verres. On dirait un arc-en-ciel captif ! Et les plats jaunes et bleus de Joanne sont là, tout brillants. Et les serviettes aussi, décorées d'une fleur jaune et bleue assortie aux plats. Mais ce qu'il y a de plus beau, c'est sans contredit le dessin de Carole, épinglé au tableau, et qui représente de magnifiques feuilles d'automne aux reflets rouge et or.

Quand Joanne s'approche pour regarder les bambous, Myeko se sent rougir.

« Je croyais que tu devais apporter des fleurs ? » dit-elle très fort.

Et voilà ! Ils vont tous se moquer d'elle. Ils vont penser que ce qu'elle a apporté est laid et commun.

Mais Carole s'approche à son tour :

« Que c'est drôle ! dit-elle. Nous avons les mêmes plantes dans notre jardin, mais je n'avais jamais remarqué comme elles étaient jolies ! »

Miss Price prend alors la parole :

« Comme vous êtes adroite, Myeko, pour faire un aussi joli bouquet avec trois branches !

– Tu es certainement une artiste, Myeko ! dit encore Carole. J'aimerais avoir autant d'imagination que toi. »

Un petit sourire voltige sur les lèvres de Myeko en entendant les compliments de sa nouvelle amie américaine.

Carole n'est-elle pas la plus grande artiste de la classe ?

Chapitre 3

Un petit kimono rouge

Aujourd'hui, pendant le cours d'anglais, Myeko a bien travaillé, et Miss Price lui dit devant toute la classe :

« Voilà une excellente dictée, Myeko. Vous méritez un dix ! »

Myeko est si heureuse qu'elle rougit jusqu'aux oreilles. Se levant de sa chaise, elle s'incline légèrement et dit :

« Votre humble élève vous remercie. »

Tous les enfants éclatent de rire. Qu'y a-t-il de si drôle à avoir fait une bonne dictée ? Myeko ne sait que penser. Il n'y a qu'une chose, c'est que les enfants ne l'aiment pas. Elle se sent découragée et, pendant tout le mois de décembre, elle n'ose plus rien tenter pour se faire des amis.

Le premier jour des vacances de Noël, Myeko se tient silencieusement dans la cuisine.

Elle pense aux enfants qui se moquent toujours d'elle.

A ce moment, maman-san prend la parole :

« Te voilà maintenant en vacances pour le Noël américain et pour les fêtes du Nouvel An ! Tu dois être contente ? »

Elle regarde Myeko, s'attendant à la voir toute joyeuse; mais pas la plus petite lueur de joie ne s'allume dans ses yeux !

« Les Américains ne célèbrent pas le Nouvel An comme nous, maman-san, ni pendant aussi longtemps. »

Elle ajoute avec un grand sérieux :

« Nous célébrerons cette grande fête entre nous. »

Pour Noël, papa-san apporte un petit sapin que Myeko décore avec des poupées et des guirlandes de papier rouge. Il y a un cadeau au pied de l'arbre pour Myeko et un autre pour petit Prune.

Myeko arrache fébrilement la ficelle rouge de son paquet et ouvre la boîte. Elle ne peut en croire ses yeux ! Comme les larges manches brodées de papillons sont jolies ! Il n'y a sûrement pas un plus beau kimono de soie au monde ! Un kimono fait tout exprès pour les fêtes du Nouvel An !

Mais le cœur de Myeko se serre en pensant qu'il n'y aura pas de festivités pour le Nouvel An en Amérique. Ses amies d'Osaka organiseront des jeux, toutes joyeuses dans leurs jolis kimonos neufs... mais elle ne sera pas avec elles ! Ses yeux se remplissent de larmes. Si seulement on lui avait donné une robe américaine ! A quoi bon avoir un beau kimono rouge quand on habite en Californie ? Mais elle ne veut pas attrister ses parents.

« Merci beaucoup, dit-elle en essayant de sourire. C'est le plus joli kimono du monde ! »

Les vacances sont bien vite passées. Le 4 janvier arrive et, bien qu'au Japon les fêtes continuent encore pendant plusieurs jours, en Amérique les réjouissances du Nouvel An sont terminées pour tout le monde. Myeko songe encore avec regret combien elle aurait aimé porter son beau kimono pour jouer avec ses petites amies.

« Myeko, dit maman-san, pourquoi ne

mettrais-tu pas ton joli kimono pour aller en classe et le montrer aux petits Américains ? Je te donnerai des gâteaux de riz pour eux. »

Myeko est atterrée ! Au lieu d'une belle robe neuve, maman-san voudrait qu'elle porte son kimono à l'école ? N'est-ce pas suffisant que tous les enfants rient chaque fois qu'elle parle ? Ils se moqueraient d'elle encore plus s'ils la voyaient ainsi !

Myeko ne peut pas dire cela à maman-san. Elle ne sait qu'objecter :

« Mais, maman-san, je ne crois pas que les enfants américains aiment les gâteaux de riz.

– Tous les enfants du monde aiment les gâteaux de riz », affirme maman-san.

Myeko prend donc le sac plein de ces friandises japonaises et, dissimulant son magnifique kimono en soie rouge brodée sous son vieux manteau marron, elle part pour l'école. Elle doit replier plusieurs fois les longues manches en forme d'ailes pour qu'elles ne dépassent pas du manteau.

Myeko marche très lentement. Elle a peur et ses joues brûlent de honte en pensant aux moqueries des enfants. Elle voudrait se sauver bien loin mais c'est impossible !

En montant les marches de l'école, elle a une idée :

« Je ne retirerai pas mon manteau. Je le

garderai toute la journée. On trouvera peut-être cela bizarre mais, au moins, on ne se moquera pas de moi ! »

Myeko laisse les gâteaux de riz au vestiaire avec sa gamelle et elle va s'asseoir à sa place en gardant son vieux manteau. Elle a soigneusement roulé ses manches et relevé le bas de son kimono pour que personne ne puisse le voir.

« Vous trouvez qu'il fait froid ici, Myeko ? demande Miss Price.

– Non, merci, Miss Price. J'ai seulement envie de garder mon manteau », répond timidement Myeko.

Comme il fait chaud ! Comment va-t-elle pouvoir supporter cette chaleur ? Il le faut cependant !

Miss Price fait venir plusieurs élèves au tableau, ainsi que Myeko, pour faire des problèmes.

Myeko marche avec précaution et lève un peu les bras pour ne pas que son kimono dépasse. Soudain, elle laisse tomber la craie et, en se baissant pour la ramasser, ses longues manches brodées de papillons s'échappent de son manteau !

« Comme c'est joli, Myeko ! s'exclame Miss Price. Ne pouvons-nous voir cette merveille ? »

Myeko baisse la tête, tout embarrassée. Elle reste immobile, sans oser dire un mot.

Alors Miss Price la prend par la main et, gentiment, la conduit au vestiaire. Un moment après, Miss Price revient, suivie de Myeko qui marche timidement derrière elle. Mais, au lieu d'avoir son vieux manteau marron, Myeko ressemble maintenant à une poupée dans son kimono de soie rouge brodée.

« Oh ! un vrai kimono ! » s'exclame Carole.

Même Harriet a l'air surpris et la regarde, fascinée.

« Que c'est joli ! » dit Margaret.

Et toute la classe la regarde, saisie d'admiration.

« Mes enfants, Myeko voudrait vous parler du Nouvel An au Japon. Elle porte ce magnifique kimono parce que c'est la période des fêtes. »

Au début, Myeko a des difficultés à trouver ses mots. Elle a très peur. Pourtant personne ne rit et, peu à peu, elle ose lever la tête pour leur parler des guirlandes de verdure et des branches de pin accrochées devant les maisons. Elle leur décrit le thé et les gâteaux que l'on sert ces jours-là. Ce qu'elle raconte surtout en détail, c'est le jeu du volant auquel jouent tous les enfants japonais :

« Chaque fois qu'on rate un coup, on vous fait une marque sur le visage avec de l'encre. Vous pouvez imaginer de quoi vous avez l'air quand vous avez fait beaucoup de fautes ! »

En entendant cela, tous les enfants éclatent de rire ! Cette fois, ce n'est pas pour se moquer d'elle et, tout heureuse, Myeko se met à rire avec eux.

Après, Myeko donne à chacun un gâteau de riz et retourne à sa place. Miss Price leur permet alors de bavarder un peu et de poser des questions à Myeko sur le Japon.

Tout le monde entoure Myeko.

Tout le monde, sauf Harriet qui, assise à son bureau, fait semblant de lire !

Quand la cloche sonne pour le déjeuner, Carole prend Myeko par le bras et lui dit :

« Viens t'asseoir à côté de nous à la cantine. Où te mets-tu d'habitude ? Je ne te vois jamais. As-tu déjà pris un pousse-pousse ? »

Margaret et Joanne s'approchent à leur tour :

« Toutes les maisons sont-elles vraiment faites en papier comme on le raconte dans les livres ? »

Myeko est tout heureuse de traverser la cantine entourée de ses nouvelles amies pour prendre place à la fameuse table près du radiateur. Quel merveilleux Nouvel An ! Et on dit que toute l'année ressemble à ses débuts.

A ce moment, Harriet traverse la pièce devant Myeko et son groupe. Elle s'approche de Myeko et fait exprès de marcher sur le bord de son kimono qui manque de se déchirer. Myeko trébuche. Harriet hausse les épaules et lui tourne le dos en disant :

« Si tu étais habillée comme tout le monde, on ne marcherait pas sur tes vêtements ! »

Carole secoue la tête :

« Je me demande quelle mouche l'a piquée ! »

Chapitre 4

La danse du démon

Myeko boutonne la nouvelle robe imprimée bleu et blanc que maman-san lui a faite dans une vieille tunique, ou *yukata*, de papa-san. Sur la coiffeuse, devant la glace, sa poupée O-Ningyo-san semble l'observer en silence sous son chapeau vert.

« Est-ce qu'elle te plaît, O-Ningyo-san ? On dirait presque une des robes de Carole. »

Myeko parle vite, car elle est nerveuse à l'idée que Carole va passer la journée avec elle.

Depuis le jour où elle est allée à l'école avec son kimono, Myeko est devenue très amie avec Carole. Les garçons ne lui parlent toujours pas, Orville continue à la taquiner et essaie de la faire tomber quand elle va tailler son crayon, mais cela ne lui fait plus rien depuis que Carole est devenue son amie. Elle est un peu triste, cependant, parce qu'Harriet et Carole se sont querellées à son sujet.

Le lendemain du jour où Myeko a été première à la composition d'orthographe, Harriet a refusé de rentrer de l'école avec Carole si Myeko les accompagnait.

« Qu'est-ce que tu as ? lui a demandé Carole. Tu es furieuse parce que Myeko a eu une meilleure note que toi à cette stupide composition ? Mais moi non plus je n'ai pas eu une aussi bonne note qu'elle ! »

Harriet a tellement rougi qu'on ne voyait plus ses taches de rousseur.

Myeko était contrariée de cette querelle, aussi a-t-elle dit gentiment à Harriet :

« J'aimerais bien que tu viennes aussi avec nous. »

Mais Harriet s'était butée. Et, avec une horrible grimace, elle a crié à Carole :

« Rentre avec le chouchou de la maîtresse si tu veux. Moi, j'ai mieux à faire. »

Myeko se demande maintenant si elle n'aurait pas dû faire une ou deux fautes exprès à cette fameuse dictée !

Pouvait-elle prévoir qu'Harriet serait si jalouse de sa place de première ? Myeko soupire encore en y pensant...

Myeko est allée chez Carole à plusieurs reprises, et c'est la première fois que Carole vient la voir.

Mais voici maman-san qui l'appelle :

« Myeko-chan, ton amie Carole est arrivée.

– Je viens, maman-san. »

Elle sort vivement de sa chambre, mais elle est morte de peur. Que vont-elles pou-

voir faire ? Carole n'aimera sûrement pas les jeux qu'elle partageait avec ses amies à Osaka. C'est un problème, car Myeko n'a ni jeu de dames, ni télévision, ni ping-pong.

« Bonjour, Carole-san.

– Allons, ne fais pas tant de manières : ce n'est que moi ! »

Elles vont ensemble dans le jardin ! Il fait froid dehors. Et comble de malchance ! Flic ! Flac ! Voici que tombent les premières gouttes de pluie.

Myeko et Carole rentrent en courant dans la maison. Myeko est contrariée qu'il se mette juste à pleuvoir maintenant ! Tout en montrant la maison à Carole, Myeko reste silencieuse. Elle réfléchit.

« Si on regardait la télévision ? suggère Carole.

– Je suis désolée, Carole : nous ne l'avons pas ! »

Elles s'assoient sur le divan du salon, ne sachant que faire. Mais voici maman-san avec son panier de linge et le balai à franges rouges. Petit Prune la suit en gambadant, tout joyeux de voir la pluie.

« Maman-san, les franges de ton balai ont l'air d'une perruque de démon ! s'écrie Myeko.

– Une perruque de quoi ? demande Carole.

– Une perruque de démon, comme dans le *kabuki*.

– Le *kabuki* ?

– Myeko, pourquoi ne montres-tu pas à Carole comment tu jouais au *kabuki* avec tes amies à Osaka ? »

Myeko ne répond pas. Elle pense que cela n'amusera pas Carole.

« Qu'est-ce que c'est que le *kabuki?* insiste Carole. Comment y joue-t-on ? Allez, montre-moi. »

Myeko regarde son amie.

« C'est une sorte de théâtre où on joue des pièces. Tu vas voir ! »

Les petites filles sortent en courant sous la pluie jusqu'au garage. Elles doivent faire plusieurs voyages pour réunir tout ce qu'il leur faut. Elles prennent de la farine de maïs pour se poudrer la figure, et des pastels noirs, et bien d'autres choses encore !

Myeko éclate de rire en finissant de poudrer la figure de Carole.

« Tu ressembles à un fantôme !

– Et toi, tu as l'air d'un bonhomme de neige avec deux morceaux de charbon pour les yeux ! » s'exclame Carole qui rit encore plus.

Ensuite, avec des pastels, elles se font des sourcils très noirs en accents circonflexes, et Myeko attache les franges rouges du balai sur sa tête pour figurer une perruque de démon. Pour Carole, elle fait une énorme crinière ébouriffée, comme celle d'un lion, avec du papier journal coupé en lanières. Pour achever leur déguisement, Carole enfile le vieux *happi* bleu de papa-san et Myeko son *yukata.* La longue tunique bleu et blanc lui fait comme une traîne.

Myeko retourne encore une fois dans la maison pour prendre une grande cuillère et une casserole en guise de gong et elle ramène petit Prune avec elle pour qu'il assiste à la représentation.

Effrayé tout d'abord, celui-ci ouvre de grands yeux et se met à pleurer. Mais, quand Myeko se met à faire la danse du démon en secouant sa chevelure rouge, en tapant des pieds et en se balançant dans tous les sens, tout en grimaçant et en roulant ses yeux, petit Prune éclate de rire !

« Drôle ! Drôle ! »

Carole fouette l'air de sa longue queue de diable et fait d'énormes bonds, tant et si bien qu'elle en perd sa perruque. Toutes les deux rient si fort qu'elles doivent s'arrêter pour reprendre leur souffle, mais petit Prune crie :

« Encore ! Encore, Miko ! »

Carole s'écroule sur une chaise et, relevant sa longue queue, elle s'écrie :

« Ah ! c'est mille fois plus amusant que la télévision ! »

Après d'autres sauts, d'autres tours et d'autres grimaces, les enfants tombent exténués sur le plancher en riant si fort qu'ils n'ont plus la force de se relever.

Soudain, maman-san passe la tête par la porte du garage :

« Venez déjeuner, mes petits ! »

Myeko a une nouvelle crainte : et si Carole n'aimait pas leur déjeuner ? Il n'y a pas de sandwiches au beurre de cacahuète ni de gelées aux fruits comme chez Carole ! Mais non ! Carole se régale de la soupe de poisson que maman-san a préparée.

Mais bientôt il est trois heures. C'est l'heure à laquelle la maman de Carole lui a dit de rentrer.

Carole lève vivement la tête :

« Déjà ? »

Hélas ! il est vraiment temps de partir, et Carole suit Myeko dans sa chambre pour prendre son manteau.

« Au revoir, Myeko. Je me suis bien amusée. »

Myeko agite la main pour lui dire au revoir. Elle est heureuse que Carole se soit amusée... mais peut-être n'a-t-elle dit cela que par politesse ?

Le lendemain, en prenant son petit déjeuner, Myeko regarde machinalement par la fenêtre. Tout à coup, elle pousse une exclamation de joie :

« Oh ! regarde, papa-san, les premières fleurs de pêcher qui commencent à s'ouvrir ! »

Il y a encore bien peu de choses sur le petit arbre nu : tout juste deux ou trois fleurs roses et fragiles.

Papa-san se penche et pose une main sur l'épaule de Myeko.

« Les premières fleurs de pêcher te fontelles penser à la fête des poupées, Myekochan ?

– J'y pense avec joie, papa-san; mais, maintenant, je veux devenir une vraie Américaine.

– Et tu crois que les vraies Américaines ne respectent pas les coutumes de leurs ancêtres, Myeko-chan ? »

Papa-san retire sa main et son regard devient sévère.

Myeko reste silencieuse, les mains jointes sur ses genoux. Elle ne voulait pas fâcher papa-san. Peut-être aurait-elle dû s'exprimer autrement ? Elle est pourtant persuadée que, pour devenir une Américaine comme Carole, elle doit d'abord renoncer aux coutumes du Japon; mais comment expliquer cela à papasan ?

Maman-san s'essuie délicatement la bouche avec une petite serviette en papier et dit :

« Myeko-chan, pourquoi ne célébrerais-tu pas la fête des poupées avec ton amie Carole ?

– La dernière fois qu'elle est venue, Carole m'a justement demandé si elle pourrait voir mes poupées de fête, maman-san. Je crois que ce serait une bonne occasion de lui faire voir ma collection. »

En rentrant de classe avec Carole, Myeko lui montre le petit pêcher avec ses fleurs entrouvertes.

« Les fleurs de pêcher sont le symbole de la fête des poupées. C'est pour cela qu'on l'appelle même quelquefois " fête des pêchers en fleur ". »

Carole est très intriguée :

« Quand est-ce que ça a lieu ? Et que fait-on ? Combien as-tu de poupées ?

– C'est bientôt, dit Myeko. Le troisième jour du troisième mois... »

A cet instant, Carole se mord la lèvre et son visage se crispe de douleur.

« Qu'est-ce que tu as ?

– Rien ; un point de côté parce que j'ai couru. Ne te tracasse pas, je ne manquerai pas la fête, même si je me cassais une jambe ! »

Le samedi, Myeko se donne beaucoup de mal afin que tout soit prêt pour son amie. Maman-san et elle cuisent de bons gâteaux. Tout en balayant et en époussetant, Myeko fredonne une petite chanson pour masquer son impatience.

Le dimanche matin, Myeko est radieuse ! Elle s'assure une fois encore que les poupées sont bien à leur place. Avec quelle impatience elle attend Carole ! Vêtue de sa plus belle robe, un ruban dans les cheveux, elle s'efforce de rester assise bien sagement... mais Carole ne vient toujours pas !

A trois heures, maman-san entre dans le salon où Myeko commence à s'inquiéter.

« Je suis désolée que ton amie ne soit pas encore là, Myeko-chan. Je pensais qu'à cette heure-ci votre petite fête serait finie et j'ai promis à M. et Mme Oto que nous irions leur rendre visite. »

Les yeux de Myeko se font suppliants :

« Oh ! maman-san, Carole serait si déçue ! Elle ne va sûrement pas tarder à arriver. »

Maman-san arrange les plis de sa robe devant la glace avant de répondre :

« Eh bien, reste à la maison, Myeko-chan.

Les Oto n'habitent pas loin, de toute façon. J'espère que ton amie sera bientôt là.

– Oh, merci, maman-san. Comme tu es gentille ! »

Maman-san, papa-san et petit Prune s'en vont et Myeko reste seule. Peu après, le bruit léger de la pluie sur les vitres lui fait lever la tête et elle aperçoit les fleurs du pêcher qui s'éparpillent dans le vent comme des larmes.

« Moi aussi, je voudrais pleurer », pense-t-elle tristement.

Pourquoi Carole ne vient-elle pas ? A-t-elle oublié ? Serait-elle malade ? N'y tenant plus, Myeko va chercher son manteau marron et une écharpe dans sa chambre et elle se met à courir dehors sous la pluie. Elle arrive tout essoufflée chez Carole; mais ce n'est pas sa maman qui vient ouvrir, c'est la voisine.

« Je m'occupe du bébé pendant qu'ils sont à l'hôpital », explique-t-elle.

Myeko pâlit :

« Y a-t-il quelqu'un de malade ?

– Rien de grave. Carole a été opérée d'urgence de l'appendicite hier soir, mais il n'y a plus de danger. »

Myeko rentre chez elle le cœur lourd. Que faire pour faire plaisir à Carole ? Si seulement celle-ci pouvait voir les belles poupées et manger les petits gâteaux ! Pourquoi ne pas les lui apporter ? Oui, mais il pleut, et Papa-san est sorti ; il ne peut pas l'emmener en voiture. Et peut-être ne la laissera-t-on pas entrer à l'hôpital ?

« Il faut au moins que j'essaie », pense Myeko.

Elle va chercher une grande boîte en carton ; puis elle enveloppe les poupées dans du papier de soie et les pose dedans. Elle prend aussi la petite étagère à cinq rayons et recouvre le tout de journaux. Enfin, ça y est ! Elle met une écharpe sèche sur sa tête et part, son gros paquet sur une poussette. Comme le pêcher a été abîmé par la pluie ! Elle glisse dans sa poche quelques boutons de fleurs roses. Puis, tenant le col de son manteau bien serré pour se préserver de la pluie, elle se met en route.

Le chemin est long jusqu'à l'hôpital, surtout avec cette pluie glacée qui lui frappe le visage. Le trottoir est glissant. A chaque instant, le carton menace de tomber !

Enfin, la voici à l'hôpital avec son précieux colis ! La dame qui est à la réception commence par lui dire qu'elle ne pense pas que Carole puisse déjà recevoir des visites. Myeko est intimidée. Elle tortille le col de son manteau et avale sa salive trois fois avant de pouvoir dire :

« Mais c'est très important ! »

Et elle regarde la dame avec des yeux suppliants.

La dame va alors chercher un monsieur qui, à son tour, demande à Myeko pourquoi c'est si important. Quand Myeko lui a tout expliqué, il dit :

« Eh bien, puisque votre amie a une chambre pour elle toute seule, je crois qu'on va pouvoir arranger ça ! »

Et il aide Myeko à porter la boîte jusqu'à l'ascenseur.

Repoussant ses cheveux trempés, Myeko se tient sur le seuil de la chambre. Carole est assise dans son lit, son papa et sa maman à côté d'elle. Comme elle est pâle ! Aussi pâle que lorsqu'elle était barbouillée de farine pour jouer au *kabuki*. Mais, en apercevant Myeko, elle sourit.

« Myeko ! Quelle bonne surprise !

– Ne t'avais-je pas promis de te montrer mes poupées le troisième jour du troisième mois ? »

Et, après avoir salué les parents de Carole, Myeko installe la petite étagère et la recouvre d'un tissu rouge. Une par une, elle y place les poupées : l'empereur avec ses tuniques empesées et sa mitre noire; l'impératrice avec sa robe de brocart et sa couronne d'or; les seigneurs et les dames de la cour dans leurs kimonos aux couleurs vives; les musiciens avec leurs instruments miniatures; les guerriers en uniformes écarlates montés sur des chevaux blancs comme de la neige, et, enfin, les lanternes en papier. Le papa de Carole les allume et tout semble s'animer.

« Myeko, comme c'est beau ! Que tu es gentille de faire tout cela pour moi !

– Je regrette que nous n'ayons pas de pêcher en fleur ici, murmure Myeko. Mais je t'ai apporté quelque chose. »

Et, fouillant dans sa poche, elle laisse tomber des petits boutons roses sur le lit de Carole. Celle-ci les regarde avec émerveillement.

« Je souhaite qu'ils t'apportent la paix et la joie », dit doucement Myeko.

Et, voyant le bonheur qui brille dans les yeux de son amie, Myeko ne regrette pas d'avoir fait ce long chemin sous la pluie.

Chapitre 5

La carpe volante

Assise à son bureau, le mardi suivant, Myeko s'efforce de faire son devoir de géographie le plus lentement possible. Depuis l'opération de Carole, les jours lui semblent interminables !

Elle voudrait que Carole revienne en classe. Depuis que celle-ci est devenue sa meilleure amie, Myeko ne regrette plus autant le Japon. Mais Carole est à l'hôpital; Joanne et Margaret jouent toujours ensemble et ne prêtent guère attention à Myeko. Harriet ne l'aime pas. Quant à Orville, il ne doit pas l'aimer non plus puisqu'il la taquine sans cesse !

Après la classe, Myeko se met à faire un cerf-volant pour petit Prune. Ce dernier est assis par terre à côté d'elle et gribouille sur un bout de papier. Myeko interrompt son

travail et dessine une immense carpe et trace les écailles au fusain noir. Puis elle laisse petit Prune finir de la colorier avec ses crayons.

Un moment plus tard, le cerf-volant est

prêt à être essayé. Myeko le prend d'une main, petit Prune de l'autre, et ils vont jusqu'à la cour de l'école.

Orville est là, en train de faire des acrobaties à l'espalier.

« Oh ! j'aurais bien préféré qu'il ne soit pas là ! pense Myeko. Il a l'air d'un vrai singe sur ses barres ! »

Orville est accroché par les genoux. Il lui crie :

« Hé ! qu'est-ce que tu vas faire avec ce gros poisson ? Décidément, tu aimes ça, les poissons ! Tu les manges, tu les plies, tu les dessines ! Et maintenant, qu'est-ce que tu vas essayer de faire ? D'en faire voler ? »

Il pose un pied par terre, saisit une barre plus basse et se remet debout.

Myeko laisse petit Prune tenir la pelote tandis qu'elle déroule la ficelle et présente le cerf-volant face au vent.

« Hé ! ce n'est pas comme ça ! (Orville se précipite sur le cerf-volant.) Tu n'as pas fait de queue ! »

Et il prend le poisson des mains de Myeko.

« Tiens, il ressemble à celui que tu dessinais pendant le cours de géographie ! Il n'est pas mal. »

Orville lève les sourcils.

« Ecoute, dit-il soudain. Je vais à la maison chercher ce qu'il faut pour fabriquer une queue pour ton cerf-volant. »

Et le voilà parti en courant, laissant Myeko toute surprise.

Petit Prune s'essuie le nez sur sa manche.

« Garçon... parti ? »

Myeko sort un mouchoir de sa poche et essuie le nez de petit Prune.

« Oui, mais il va revenir. »

Orville est en effet de retour si vite que Myeko pense qu'il doit avoir des ailes. Il porte un grand cerf-volant bleu en forme de triangle sur lequel est dessiné un gros quadrimoteur. Il cherche dans le fond de sa poche et en sort des bouts de chiffon et de la ficelle.

« Tiens mon cerf-volant, veux-tu ? Regarde : je vais te montrer comment faire. »

Orville se met à attacher de petits morceaux de chiffon sur la ficelle.

Pendant ce temps, Myeko prend le cerf-volant d'Orville pour essayer de le faire voler. Petit Prune tente de la suivre, mais il ne court pas assez vite.

« Miko, Miko, moi voler ! »

Elle tend la pelote à petit Prune sans lâcher le fil pour autant.

Enfin, Orville paraît satisfait de son œuvre

et il fixe la longue ficelle avec les bouts de chiffon au cerf-volant. Puis il prend le gros poisson et se met à courir avec aussi vite qu'il peut. Petit à petit, le vent soulève le cerf-volant. Celui-ci pique d'abord du nez, fait des bonds désordonnés, pour finalement s'élever dans l'air de plus en plus haut en dessinant de grands cercles. Petit Prune le regarde fixement ; il est bouche bée et laisse échapper un « ah ! » d'admiration.

Myeko renverse la tête en arrière pour regarder la carpe planer bien au-dessus des eucalyptus aux feuilles bleutées.

« Merci, merci, Orville. (Myeko saute de joie.) Tu m'as rendu un grand service !

– Haut, haut ! » crie petit Prune, ravi.

Orville reprend son cerf-volant des mains de Myeko et lui tend le poisson.

Ils restent à regarder leurs cerfs-volants bondissant, piquant du nez, se redressant et planant dans l'immensité du ciel. Et ils courent à travers la cour dans tous les sens. Tant et si bien que, lorsque Myeko relève de nouveau la tête, elle voit que le cerf-volant d'Orville est emmêlé au sien.

Elle les montre du doigt en s'écriant :

« Comment espères-tu abattre mon cerf-volant sans poudre de combat sur ta ficelle ? »

Orville commence à tourner autour de Myeko pour essayer de démêler les deux cerfs-volants.

« De la quoi ? »

Il louche et ajoute :

« Tu as dit de la " poudre de combat " ? »

Myeko paraît surprise.

« Tu n'as donc jamais fait de combats de cerfs-volants ?

– Non, jamais. Comment fait-on ? »

Myeko commence à enrouler la ficelle du poisson qui s'est maintenant séparée de l'autre. Si, en Amérique, les garçons ne font pas de combats de cerfs-volants, elle essaiera de s'adapter à leur façon de jouer.

Mais Orville insiste :

« Montre-moi comment on fait !

– C'est sans importance, Orville. Je ne pense pas que ça t'amuserait, car il arrive qu'on perde son cerf-volant ! »

Myeko achève d'enrouler sa ficelle.

« S'il te plaît, montre-moi comment tu t'y prends ! »

La voix d'Orville se fait suppliante.

Myeko rit et le vent souffle ses mèches brunes dans ses yeux. Elle prend le poisson sous son bras et se penche pour donner la main à petit Prune.

« Si tu veux vraiment le savoir, viens avec

moi. Papa-san va peut-être pouvoir nous aider. »

Papa-san est dans le garage en train d'aiguiser ses cisailles sur une meule quand Myeko et petit Prune arrivent avec Orville. Une gerbe d'étincelles s'échappe de la pierre; on dirait un feu d'artifice !

Myeko est essoufflée d'avoir couru et elle s'assied sur une caisse.

« Papa-san, nous voudrions faire un combat de cerfs-volants. As-tu de la poudre de combat ? »

Orville se retourne et regarde Myeko d'un air sceptique. Il croit qu'elle se moque de lui.

Papa-san réfléchit un moment, puis il se met à fouiller dans des boîtes sur les étagères. Enfin, il trouve ce qu'il cherche.

« Voilà ce qu'il vous faut faire, Orville-chan, dit papa-san en lui prenant son cerf-volant des mains. D'abord, mettre de la colle sur la partie de la ficelle qui est près du cerf-volant. »

Papa-san tend un pot de colle jaune à Orville et lui fait signe de s'installer à une table. Orville et Myeko enduisent soigneusement de colle la ficelle de leurs cerfs-volants sur une longueur de près de trois mètres; puis ils la trempent dans de la poudre abrasive et la laissent sécher. Comme cela leur semble long ! Enfin, voilà ! Ils prennent leurs cerfs-volants et se mettent à courir jusqu'à la cour de l'école pour les faire voler avant qu'il ne fasse trop sombre.

Myeko lance son poisson ; elle se retourne vers Orville qui tient son cerf-volant bleu face au vent et lui crie :

« Je vais te montrer ; c'est un jeu dangereux ! »

Bientôt, les cerfs-volants planent si haut dans le ciel que Myeko a l'impression d'être un petit ver de terre ; mais son cœur bondit tout là-haut par-dessus les eucalyptus comme le poisson magique dans la mer d'azur.

« Il faut d'abord s'efforcer d'emmêler les ficelles. »

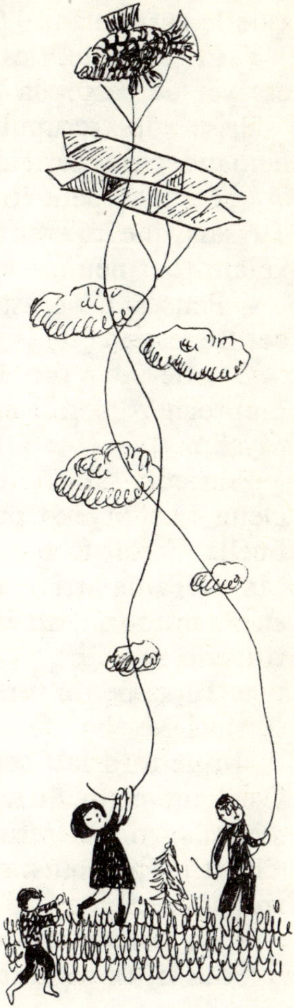

Et Myeko commence à tirer son poisson vers le cerf-volant d'Orville.

« Et, ensuite, les faire se frotter pour essayer de casser la ficelle de l'adversaire. »

Prise de scrupules, elle s'arrête pour demander très sérieusement à Orville :

« Tu n'as peut-être plus envie de jouer ? Tu sais que tu peux perdre ton beau cerf-volant tout neuf !

– Penses-tu ! C'est moi qui vais te faire perdre le tien ! »

Orville se mord la lèvre et s'applique à rapprocher son cerf-volant de celui de Myeko.

Plusieurs fois, les ficelles s'emmêlent. Deux fois Myeko parvient, en tirant sur sa ficelle, à la frotter contre celle d'Orville. Mais Orville arrive à dégager son cerf-volant et, à son tour, il attaque le poisson de Myeko. Il hurle :

« Tu as perdu ton cerf-volant ! »

Mais Myeko n'en est pas à son coup d'essai ! Elle tord la ficelle d'une drôle de façon. C'est un coup difficile. Elle s'applique, les sourcils froncés, scrutant le ciel encore clair... Elle tire brusquement une fois, deux fois, trois fois et...

« Le voilà parti ! » crie Orville.

Tous deux regardent en l'air. C'est le cerf-volant d'Orville qui s'échappe ! Ils le voient faire un bond et partir comme une flèche !

« Oh ! Orville, j'ai coupé la ficelle de ton cerf-volant. Nous n'aurions pas dû faire ce combat ! »

En silence, ils regardent le bel avion bleu qui disparaît rapidement. Sa queue fait des zigzags comme un grand serpent, puis se déplie et s'enroule de nouveau tandis qu'il devient un point de plus en plus petit dans l'immensité !

« C'est ma faute, Orville, reprend Myeko. C'est moi qui t'ai parlé de ce jeu stupide. »

Orville enfonce ses mains dans ses poches.

« Bah ! cela n'a pas d'importance. J'aurais aussi bien pu te faire perdre le tien ! »

Il garde les yeux baissés et ajoute :

« Je ferais mieux de rentrer, maintenant. »

Le soir même, Myeko se met au travail. Elle veut donner à Orville un nouveau cerf-volant et il faut que ce soit un cerf-volant américain comme celui qu'elle lui a fait stupidement perdre.

Avant le dîner, elle accompagne maman-san au supermarché et va regarder les cerfs-volants au rayon des jouets pendant que maman-san achète des provisions. Ils semblent faciles à faire mais, ce qui est difficile, c'est de les décorer ! Myeko détaille les avions pendant un bon moment jusqu'à ce que maman-san l'appelle :

« Mais que fais-tu donc, Myeko ? »

Dans la soirée, Myeko a la chance de découvrir dans un magazine une belle image d'avion qu'elle s'applique à reproduire sur le cerf-volant.

Le lendemain, après la classe, Myeko prend ses fusains et donne la dernière touche au corps de l'avion ; il est fini ! Elle prend alors son poisson et le cerf-volant tout neuf et va chez Orville. Elle espère qu'il sera content de ce nouveau jouet et qu'il voudra bien l'essayer avec elle.

Mais, en arrivant devant sa maison, elle entend des cris et des rires et aperçoit par la fenêtre toute une bande de garçons en costume de louveteaux !

Myeko n'a pas envie de parler à tous ces garçons. En classe, ils ne sont pas très gentils, et Orville, à lui seul, la taquine suffisamment. Elle commence à redescendre tout doucement les marches du perron, mais Orville ouvre la porte.

« Que veux-tu, Myeko ? Où as-tu trouvé ce nouveau cerf-volant ? »

Les autres garçons s'approchent à leur tour.

« C'est pour toi, Orville; pour remplacer celui que tu as perdu par ma faute.

– C'est vraiment chic de ta part, Myeko ! »

Orville prend le nouveau cerf-volant bleu, puis il regarde le poisson.

« Je te l'échange. »

Myeko, surprise, regarde son poisson. Comment ? Il veut troquer le cerf-volant qu'elle s'est donné tant de

mal à lui faire contre la carpe qu'elle a crayonnée avec petit Prune ?

Et, soudain, voilà tous les garçons qui veulent voir son poisson volant.

« C'est toi qui l'as fait ?

– Il est splendide, remarque Bernard. Est-ce qu'il peut voler ?

– Hé ! Myeko, dit George en sortant un yoyo de sa poche et en le faisant descendre et remonter à toute vitesse. Je te donne mon yoyo si tu m'en fais un pareil.

– Et je te donnerai une pièce pour ta tirelire, ajoute Orville.

– Mais... Mais... J'ai fait celui-ci exprès pour toi, Orville !

– Je sais et c'est très chic de ta part, Myeko. Mais, tu vois, des comme ça, on en trouve partout ! Ce que j'aime, dans ton poisson, c'est qu'il est seul de son espèce ! »

Myeko n'est plus intimidée, elle redescend lentement les marches à reculons pour échapper à l'insistance des garçons qui lui offrent qui un yoyo, qui du chewing-gum pour qu'elle leur fasse des cerfs-volants. Tom essaie de lui faire accepter deux magnifiques billes en verre rouge. Elles ont des bulles d'air à l'intérieur qui semblent retenir la lumière !

« Je... je... »

Myeko tend le poisson à Orville. Elle en fera facilement un autre pour petit Prune. Mais, pour tous ces garçons, c'est impossible ! Elle ne pourrait pas, même si cela devait lui gagner leur amitié. Soudain, elle a une idée géniale.

« Si vous veniez tous chez moi samedi après-midi ? Nous pourrions peut-être faire des poissons tous ensemble dans le jardin. Je vous montrerais. »

Les garçons peuvent presque tous venir le samedi suivant. Papa-san est très surpris en voyant arriver Bob et Bernard, les bras chargés de papier de toutes les couleurs. De la poche de Bob sort un gros rouleau de ficelle dont le bout traîne par terre.

Papa-san, qui était en train de pousser sa brouette dans le jardin, s'arrête, de plus en plus stupéfait, en apercevant George et Orville qui s'approchent de la maison.

« Qu'est-ce que c'est que tous ces garçons, Myeko ? dit-il.

– Ils viennent pour que je leur apprenne à fabriquer des carpes volantes, papa-san.

– Mais ne savent-ils pas faire des cerfs-volants ?

– Si, mais ils en veulent un comme le

mien parce qu'ils disent qu'il est différent des leurs.

– Ah ! oui, c'est vrai, Myeko. Il faut de tout pour faire un monde. »

Et ils se mettent à faire beaucoup, beaucoup de cerfs-volants. Myeko leur montre comment peindre les écailles, et les yeux, et des bouches toutes rondes. Ils étendent des journaux sous le porche, derrière la maison et dans l'allée qui mène au garage.

Myeko a de la peinture noire, mais un seul

pinceau en bambou. Aussi, à chaque instant, y a-t-il quelqu'un qui s'écrie :

« Hé ! j'ai besoin de peinture !

– Hé ! c'est mon tour !

– Dis, Myeko, toi qui connais si bien les poissons, comment est-ce qu'on les dessine ?

– Oh ! la puce ! Comment fais-tu les yeux ?

– Myeko, est-ce qu'il y a un jour spécial pour lancer les cerfs-volants au Japon ? » demande Orville.

Myeko est en train de peindre un œil tout rond sur la carpe en papier rouge de George. Elle fait un cercle noir à petits coups de pinceau précis.

« Oui, et c'est bientôt : le cinquième jour du cinquième mois. C'est la fête des garçons.

– C'est une façon bien compliquée pour dire le 5 mai. »

Orville découpe son poisson bleu avec des ciseaux.

« Et qu'est-ce qu'ils font d'autre ce jour-là ?

– Beaucoup de choses. Ils font, par exemple, une exposition de sabres et de poupées.

– De poupées ? Des garçons ? »

Orville prend un air dégoûté.

« Ce ne sont pas des poupées comme celles des filles. Ce sont des soldats et des seigneurs sur leurs chevaux. Ils portent des uniformes et des armes et ont une allure guerrière. »

Myeko est à genoux par terre, en train de peindre des écailles sur le dos d'un poisson blanc. Elle poursuit :

« Le matin, les garçons essaient d'attraper des libellules pour qu'elles leur portent bonheur et, parfois, ils prennent un bain avec des feuilles d'iris. On dit que ça rend brave, car ces feuilles ont la forme de petits sabres.

– Brave ! Qu'est-ce que tu racontes ? Des feuilles d'iris pour être brave ! »

Orville finit de peindre son poisson, puis il le tend à bout de bras pour le contempler. Il a peint une tête bizarre qui donne à son poisson un air féroce.

George le montre du doigt et dit en riant :

« Ton poisson a dû prendre un bain de feuilles d'iris ! Ce qu'il a l'air méchant ! »

Orville marche sur Myeko avec son poisson :

« Grrrrr ! »

Myeko fait semblant d'avoir peur en se protégeant la tête de ses deux bras.

Les garçons la taquinent, mais avec gentillesse. Myeko rit et les taquine à son tour. C'est très amusant !

Ce soir-là, il y a tant de poissons roses,

rouges, orange et jaunes qui flottent dans le ciel bleu au-dessus du garage que l'on se croirait presque à la fête des garçons à Osaka !

Le mardi suivant, Myeko est heureuse de voir Carole revenir en classe et tous les enfants s'en réjouissent aussi.

Carole rit en voyant la minuscule queue de cheval de Myeko.

« Elle ressemble plutôt à une petite queue de lapin ! »

Et elle enlève la barrette de sa propre queue de cheval pour la donner à Myeko. Harriet, qui se trouve à côté, dit entre ses dents :

« Si vous voulez mon avis, on dirait plutôt une queue de rat ! »

Mais Myeko l'entend à peine tant est grande sa joie de retrouver son amie.

Elle termine très vite son devoir de géographie, prend une feuille de papier, et commence machinalement à dessiner une carpe.

Harriet, qui est de l'autre côté de l'allée, se penche pour voir ce qu'elle fait. Elle s'empresse de lever le doigt :

« Miss Price ! Myeko est en train de dessiner. »

Miss Price relève la tête, regarde sévèrement Harriet, et la gronde d'avoir rapporté. Puis elle va vers Myeko, voit la carpe et dit d'une voix ferme :

« Myeko, ce n'est pas le moment de dessiner.

– Excusez-moi, Miss Price, dit Myeko humblement. Je ne recommencerai pas. »

Miss Price ajoute froidement :

« Vous viendrez me voir après le déjeuner, Myeko, s'il vous plaît. Je voudrais vous parler.

– Oui, Miss Price. »

Myeko sait que c'est très grave de manquer au règlement et elle est inquiète. Assise distraitement dans la salle de musique, elle a complètement oublié que c'est le cours de danse. Voici que Bernard s'approche d'elle :

« Myeko ? Tu viens ? »

Mais Orville surgit et entraîne Myeko avec autorité !

Quand tous les enfants sont en cercle, Orville dit tout bas à Myeko :

« Je t'ai choisie pour cette danse, car c'est plus facile, à la fin, de faire sauter une puce ! »

Il se gratte la tête d'un air embarrassé et ajoute :

« Et puis aussi parce que tu es un bon petit canard ! »

Ils se mettent alors à faire une ronde endiablée.

Myeko se demande pourquoi elle a d'abord été une puce et puis, maintenant, un petit canard ! Mais, sans savoir pourquoi, ce surnom lui plaît et elle en oublie pendant quelques instants la punition que Miss Price ne va pas manquer de lui infliger pour avoir dessiné pendant le cours de géographie.

Chapitre 6

Le pot de peinture renversé

Le couloir qui mène à sa classe semble trop court à Myeko ! Le déjeuner est fini ; elle doit voir Miss Price. Son professeur est sûrement très fâché. Myeko ne recommencera plus, c'est sûr, mais toutes les bonnes résolutions n'effaceront pas la faute qu'elle a commise ce matin !

Voici la porte de la classe. Myeko frappe timidement. Miss Price est toute seule, assise à son bureau.

« Entre, Myeko. J'aimerais te parler au sujet de tes dessins.

– Oui, Miss Price.

– Tu sais qu'il est défendu de dessiner pendant le cours de géographie, n'est-ce pas ?

– Oh ! oui, Miss Price. Excusez-moi, je ne recommencerai plus.

– Pour la peine, tu prépareras pour demain un exposé d'une centaine de mots sur la peinture japonaise.

– Oui, Miss Price. »

Myeko est rouge de honte d'être punie.

Miss Price ajoute :

« As-tu d'autres dessins dans ton bureau ? »

Myeko est si surprise qu'elle ouvre de grands yeux.

« J'en ai quelques-uns...

– Est-ce que je peux les voir ? »

Myeko sort des dessins qu'elle a faits à l'heure du déjeuner, à la récréation, et parfois même chez elle : montagnes, maisons japonaises, femmes portant un bébé sur leur dos, enfants jouant au volant ; et puis aussi des branches de pin, des bambous et beaucoup,. beaucoup d'autres choses.

« Hum... Tu veux bien me les laisser, Myeko ?

– Oui, Miss Price.

– C'est bien, Myeko ; tu peux partir. N'oublie pas ton exposé pour demain ! »

Qu'est-ce que Miss Price peut bien vouloir faire de ces vilains dessins ? Myeko a encore plus honte d'avoir dû les lui montrer que de sa punition. Myeko est bien perplexe ! Si elle avait su ! Elle n'aurait jamais, jamais rien dessiné !

L'après-midi, Miss Price parle aux enfants de la distribution des prix :

« Il y aura une fête à la fin de l'année scolaire et chaque classe jouera une petite pièce. Maintenant, nous allons choisir la nôtre et demain après-midi on projettera pour tous les élèves de l'école le film de la fête de l'année dernière. »

Les enfants sont ravis. Orville, très excité, lève le doigt le premier :

« On devrait jouer une pièce policière ! Je pourrais apporter de la sauce tomate pour faire le sang. »

Miss Price fronce les sourcils.

« Je ne pense pas que ce soit tout à fait dans le ton ! C'est un conte de fées que nous devons choisir. »

Tous les enfants se mettent à parler à la fois. Après une discussion animée, c'est la voix des filles qui l'emporte avec *La Belle au bois dormant.*

Ce soir-là, à la maison, Myeko se dépêche de dîner pour avoir le temps de préparer son exposé sur la peinture japonaise. Elle s'installe à la table de la cuisine et écrit :

« Au Japon, les tableaux classiques sont noir et blanc. On les fait avec de l'encre de Chine et un pinceau en bambou; c'est ce qu'on appelle la peinture *sumi-e.* »

Puis elle s'arrête et tortille une mèche de ses cheveux.

« Maman-san, tu veux me dire des choses

sur la peinture japonaise, s'il te plaît ? »

Maman-san est en train de raccommoder; elle relève la tête :

« Pourquoi ne ferais-tu pas plutôt un exposé sur la cuisine *sukiyaki* ? »

Mais papa-san prend la parole :

« La peinture ? Attends un peu... »

Il retire ses lunettes, se frotte les yeux et semble chercher dans sa mémoire des souvenirs lointains.

« Ce qui compte le plus, Myeko-chan, c'est l'inspiration, la vie de la peinture. Il ne suffit pas de dessiner les contours d'un arbre ou d'une fleur; il faut aussi exprimer leur âme pour que la peinture soit vivante. C'est ce que font les grands artistes. Les mauvais peintres ne reproduisent que le monde extérieur. »

Myeko met tout cela dans son exposé et aussi beaucoup d'autres choses que papa-san lui apprend. Puis elle pense à ajouter que le papier dont les peintres japonais se servent est presque toujours du papier de riz. Voilà : son exposé est préparé.

Le lendemain, Myeko arrive à l'école avec sa copie soigneusement écrite à l'encre. Ses mains sont moites d'appréhension.

En entrant dans le hall, elle s'arrête, saisie de stupeur ! Ses dessins sont épinglés au tableau d'affichage, à côté de ceux de Carole ! Un groupe d'élèves est en train de les admirer.

« Comme ils sont gracieux ! » s'exclame une grande de première.

Myeko a la respiration coupée ! Elle ne peut croire que ce sont ses dessins. Tout à coup, Miss Price lui demande doucement :

« Cela ne t'ennuie pas, j'espère, Myeko, que je les aie exposés ? J'ai pensé que les élèves des autres classes aimeraient les voir aussi.

– Mais, Miss Price, c'est seulement Carole qui est une véritable artiste ! »

Miss Price prend Myeko par la main :

« Toi aussi, Myeko, tu es une véritable artiste. Ta façon de peindre est différente de celle de Carole, voilà tout. Il y a des styles très variés dans l'art. »

Myeko ne comprend pas très bien ce que signifie le mot « style », mais elle est éperdue de bonheur ! Peut-être pourra-t-elle aider à faire les décors pour la fête si les enfants apprécient ses dessins ?

Comme elle est sur le point de s'éloigner, elle aperçoit Harriet qui se hausse sur la pointe des pieds pour essayer de voir par-dessus la tête d'Orville.

« Eh bien, c'est ça la punition que tu as

eue pour avoir dessiné pendant le cours de géographie ?

– Oh ! non. » Myeko secoue la tête en montrant sa copie. « Pendant le cours de dessin, je dois faire un exposé sur la peinture japonaise. »

Carole s'approche :

« Est-ce toi qui as fait ces dessins, Myeko ? Bravo ! Mes dessins paraissent si grossiers et maladroits comparés aux tiens ! »

Puis elle se tourne vers Harriet :

« Ne trouves-tu pas que Myeko est une grande artiste, Harriet ? »

Harriet fronce les sourcils et sa lèvre tremble :

« Oh ! naturellement ! Tout ce que fait Myeko est toujours parfait : elle écrit bien, elle lit bien, elle dessine bien. Il n'y en a que pour Myeko, Myeko, Myeko ! J'en ai assez d'entendre parler d'elle ! »

Harriet s'éloigne rapidement, au bord des larmes.

Pendant la classe de dessin, Myeko fait son exposé. Puis elle retourne s'asseoir à côté de Carole pour dessiner. On n'est encore qu'au mois de mai, mais le soleil est très chaud...

« Mettons le ventilateur en marche, dit

Miss Price. Vous serez mieux pour travailler, mes enfants. »

Et elle installe le gros ventilateur au bout de la table où se trouvent Carole et Myeko.

Carole est si habile à peindre des lettres d'imprimerie que c'est toujours elle qui fait toutes les affiches. En ce moment, elle est en train d'en préparer pour une vente de charité. Elle s'applique beaucoup et parvient à en faire neuf pendant le cours de dessin ; elle les pose debout le long du mur pour faire sécher la peinture. Au bout de la table, il y en a quatre déjà sèches qu'elle a faites la veille.

Myeko, pour sa part, regarde son amie faire les affiches, tout en dessinant distraitement un cheval, et parle avec elle du film qu'elles vont voir à la fin de la journée. Tant et si bien qu'elle n'a pas fini son cheval quand la cloche sonne. Elle se dépêche de déjeuner avec ses amies à la cantine, puis elle se lève et dit :

« Voulez-vous bien m'excuser ? Je vais retourner en classe pour finir mon dessin pendant la récréation.

– Attends une minute, je t'accompagne pour aller chercher mon tricot », dit Carole.

La classe est vide. Myeko s'installe à la table près du ventilateur. Carole prend son tricot et lui fait un signe de la main :

« A tout à l'heure ! Je m'en vais pour ne pas te distraire. »

Cette fois-ci, son cheval est presque aussi beau que ceux de Carole et Myeko est contente. Comme elle veut l'avoir terminé avant la fin de la récréation, elle s'empresse de le peindre en blanc et en marron. Il ne lui reste plus que les sabots à faire en noir, mais il faut que le reste soit sec. En attendant, elle va courir jusqu'à la cantine pour boire un verre d'eau.

Quelques minutes plus tard, alors qu'elle s'apprête à rentrer dans la classe, elle voit Harriet qui en sort furtivement, l'air inquiet. En apercevant Myeko, Harriet pâlit et se sauve en courant.

Myeko reste immobile devant le spectacle qui s'offre à sa vue ! Elle comprend maintenant pourquoi Harriet avait l'air terrifié. Partout : sur les murs, sur la table, sur le dessin de Myeko, sur les livres, il y a des taches de peinture bleue, de celle que Carole a utilisée pour ses affiches ! Il y a encore de la peinture qui coule de l'étagère. Une goutte tombe sur le ventilateur qui la projette en fines particules sur les murs et sur la table où sont étalées les affiches de Carole.

Myeko constate avec horreur qu'à part une ou deux, elles sont toutes abîmées !

« Oh ! la pauvre Carole a travaillé pour rien ! »

Vite, elle arrête le ventilateur et redresse le pot de peinture renversé. Il faut qu'elle se dépêche d'essuyer, sinon tout sera irrémédiablement perdu une fois sec. Comme c'est mal de la part d'Harriet de s'être sauvée sans même essayer de réparer un peu les dégâts ! Myeko prend des serviettes en papier et de l'eau et commence à enlever la peinture. Mais il n'y a rien à faire pour sauver les affiches de Carole ni son propre dessin.

Elle est en train de frotter la couverture d'un livre quand la cloche sonne. Les élèves reviennent. Margaret entre la première.

« Myeko ! Qu'est-il arrivé ? »

Myeko frotte de toutes ses forces.

« Je ne sais pas. Je travaillais à mon dessin pendant la récréation. Je me suis absentée cinq minutes pour aller boire un verre d'eau et voilà ce que j'ai trouvé en revenant ! »

Il y a maintenant plusieurs enfants dans la pièce.

« Myeko, comment as-tu fait ton compte ?

– Ce n'est pas moi ! C'est arrivé pendant que j'étais allée boire. Je... Je... »

Myeko est furieuse contre Harriet, mais elle ne veut pas rapporter.

Elle espère de tout son cœur qu'Harriet va se dénoncer.

Presque tout le monde est revenu dans la classe – même Harriet qui, sans regarder personne, va directement à sa place.

Enfin, voici Carole qui se montre très en colère :

« Qui a abîmé mes affiches ? »

Myeko regarde Carole :

« Ce n'est pas moi, Carole. C'est arrivé pendant que je me suis absentée pour boire un verre d'eau. Quelqu'un a renversé le pot de peinture sur le ventilateur. Je suis désolée que tes affiches soient tachées. Veux-tu que je t'aide à en faire d'autres après la classe ? »

Myeko est très embarrassée; ses paroles sonnent faux.

« Quelqu'un est entré pendant que tu es sortie boire ? »

Carole – ni personne d'ailleurs – ne semble croire Myeko. On la regarde en silence.

Carole prend Myeko à part pendant un instant.

Elle lui parle tout bas pour que les autres n'entendent pas :

« Myeko, je sais bien que tu ne l'as pas fait exprès. Je ne t'en veux pas pour ça. Mais qui serait assez méchant pour entrer faire cela exprès ? Ne sois pas stupide ! Cesse de faire tant de manières et reconnais ta bêtise. Personne ne peut te reprocher un accident. »

Carole la regarde, attendant sa réponse. Mais Myeko continue à frotter le livre qu'elle était en train de nettoyer.

« Non, Carole. Je ne peux pas dire que c'est moi, quand ce n'est pas vrai !

– Mais il n'y avait personne d'autre ici ! Je suis venue en même temps que toi.

– Je suis sortie pour boire et c'est à ce moment-là que quelqu'un est entré, répète Myeko très fort, et tous les enfants l'entendent.

– Bon. Eh bien, qui est-ce ?

– Je... Je ne peux pas le dire ! »

Miss Price entre sur ces entrefaites. Elle lève les bras au ciel en voyant les dégâts !

« Mon Dieu ! Comment est-ce arrivé ? Vite, que tout le monde essuie ! Si la peinture sèche sur les livres, ils seront perdus ! »

Miss Price agite ses mains nerveusement. Myeko ne l'a jamais vue si en colère.

« Mais comment, comment cela a-t-il pu se produire ? Qui a renversé ce pot ? »

Myeko répète encore une fois son histoire.

Bob s'écrie railleusement :

« Bien sûr ! Il y avait quelqu'un qui attendait qu'elle sorte pour se précipiter et renverser toute cette peinture ! »

« Evidemment, cela semble bien invraisemblable », pense Myeko tristement.

Carole lui chuchote à nouveau :

« Il a raison, Myeko. Ton histoire ne tient pas debout ! Je peux refaire les affiches, mais cela me fait de la peine que ma meilleure amie... »

Carole ne finit pas sa phrase, mais ce n'est pas nécessaire. Myeko comprend que même Carole ne la croit pas.

Son visage s'empourpre de colère :

« Peut-être. C'est pourtant la vérité ! »

Miss Price s'adresse à toute la classe, mais Myeko a l'impression qu'elle parle pour elle seule :

« Ecoutez-moi bien : si le ou la coupable ne vient pas franchement m'avouer la vérité avant la fin de la classe, vous serez tous privés de cinéma. »

Miss Price tape sur le bureau avec son crayon.

« Mais, pour le moment, occupons-nous vite d'essuyer ces livres. »

Tous les enfants s'affairent jusqu'à ce que les taches aient presque disparu. Puis ils se mettent à nettoyer les murs et le plancher. Myeko espère de tout son cœur qu'Harriet se dénoncera... Elle se trompe !

Pendant qu'ils travaillent en silence, les

enfants regardent Myeko avec réprobation. Joanne vient la trouver pour lui dire :

« Myeko, je t'en supplie ! Va dire à Miss Price que c'est toi pour que nous puissions aller voir le film ! »

Myeko continue à frotter le mur de toutes ses forces sans répondre.

Margaret s'approche à son tour :

« Allons, Myeko. On sait bien que tu ne l'as pas fait exprès. Miss Price comprendra, tu sais. »

Myeko regarde Harriet, mais celle-ci détourne la tête. Alors Myeko répète :

« Je ne peux pas avouer une faute que je n'ai pas commise. »

Enfin, tout est propre ! Mais, naturellement, les affiches de Carole sont perdues et son amitié pour Myeko menace de l'être aussi. Bien sûr, cela résoudrait le problème si Myeko disait à Miss Price que c'est elle la coupable. Mais non, c'est impossible ! Elle ne dénoncera pas Harriet, mais elle n'ira pas non plus jusqu'à s'accuser à sa place !

A la fin du cours, Miss Price s'adresse une dernière fois aux élèves :

« Si celui ou celle qui a renversé la peinture veut bien lever le doigt, je vous laisserai tous aller voir le film. »

Un des garçons prend la parole :

« Ce n'est pas moi, mais je sais qui c'est.

– Je regrette, je ne veux pas qu'on rapporte. Il faut que le ou la coupable se dénonce, en personne. »

Myeko ferme les yeux pour ne plus voir les regards accusateurs de ses camarades.

Pendant ce temps, de la pièce voisine, leur parviennent le ronronnement du projecteur et le rire des autres enfants. Harriet ne s'est pas dénoncée !

Le lendemain, en fin de matinée, on se réunit pour discuter de la pièce et pour distribuer les tâches et les rôles. Miss Price laisse les élèves libres de leur choix.

Margaret sera la reine; Bernard, le roi; Orville, le prince; Harriet, la fée Carabosse, et Carole, la princesse. D'autres enfants sont désignés pour s'occuper les uns des costumes, les autres des accessoires de scène.

Joanne dit alors :

« Mais nous avons oublié les décors en choisissant Carole pour le rôle de la princesse. Qui va s'en occuper ?

– Il faut que Carole les fasse aussi, dit quelqu'un. C'est la meilleure en dessin.

– Oui. Et elle peut se faire aider. Tu veux bien, Carole ? »

Carole accepte. Elle est donc nommée décoratrice. Puis, à son tour, elle choisit deux élèves pour la seconder.

Myeko fait semblant de lire, mais les lettres dansent devant ses yeux et elle oublie de tourner la page.

Quand tout est organisé, Miss Price ne fait aucun commentaire sur le fait que Myeko n'a aucun rôle. Elle dit seulement :

« C'est très important, dans une pièce, d'avoir un souffleur. Si quelqu'un oublie son texte, c'est une catastrophe. Voulez-vous faire le souffleur, Myeko ? »

Celle-ci relève lentement la tête. Elle sait

que Miss Price fait cela uniquement pour qu'elle participe aussi à la fête.

« Avec plaisir, Miss Price », répond-elle.

Et ainsi Myeko devient le souffleur.

Le soir de la représentation, Myeko se tient dans les coulisses. Elle porte sa robe de tous les jours, tandis que les autres sont déguisés. Tout a un aspect féerique sous les feux de la rampe. Elle aussi aurait aimé jouer. Mais il faut bien un souffleur, n'est-ce pas ?

La salle est plongée dans l'obscurité, avec des rangées et des rangées de parents. Au début du spectacle, tout se passe très bien. Chacun sait son rôle sur le bout du doigt. Lorsque Carole paraît en scène, avec ses longs cheveux blonds sur les épaules et sa robe à traîne, elle est belle comme une feuille d'automne frissonnant au clair de lune.

Harriet, la fée Carabosse, porte une robe marron comme des herbes sèches et une écharpe assortie. Avec son énorme faux nez, le dos courbé sur son rouet, elle a vraiment l'air méchant !

Ce n'est pas très gentil de penser cela, mais Myeko trouve que chacun a le rôle qui lui convient. Elle écoute attentivement les répliques des acteurs et suit le texte avec son doigt.

Carole demande à la fée Carabosse :

« Que faites-vous donc, ma bonne vieille ? Puis-je essayer ? »

Mais que se passe-t-il ? Harriet reste muette ! A l'expression hagarde de ses yeux bruns, Myeko devine qu'elle a le trac. Aveuglée par les projecteurs, elle reste à regarder le trou noir de la salle avec ses centaines de spectateurs. Ses doigts tremblent en faisant tourner son rouet.

Il y a un grand silence, puis Harriet murmure :

« Je... Je... »

Mais elle se refuse obstinément à regarder du côté du souffleur.

L'espace d'un instant, Myeko est contente. Elle se réjouit de l'embarras d'Harriet. Elle est même tentée de ne pas lui souffler. Puis elle s'aperçoit qu'Harriet bat des paupières pour retenir ses larmes et soudain, compatissante, elle souhaite lui venir en aide. Mais Harriet ne regarde toujours pas de son côté et, dans la salle, les gens commencent à s'agiter sur leurs chaises et à tousser.

Il faut absolument faire quelque chose. Myeko souffle la réplique aussi fort que possible en espérant que les spectateurs ne l'entendront pas.

Harriet esquisse un sourire sous son horrible faux nez et elle répète d'une voix tremblante :

« Ma chère princesse, ce travail n'est pas fait pour vos nobles mains. »

Puis elle pousse un soupir de soulagement.

A la fin du spectacle, Myeko reste à sa place pendant que les acteurs quittent la scène. Carole passe tout près d'elle et Myeko s'apprête à la féliciter d'avoir si bien joué.

Mais Carole détourne la tête, ramasse sa traîne et s'en va. Myeko reste muette.

C'est au tour d'Orville, avec sa drôle de culotte courte et ses bas blancs. Il louche un peu sans ses lunettes et sa longue épée de carton est toute tordue. Un de ses lacets est défait et dépasse de la boucle de sa chaussure.

« Cache-toi, menteuse ! » crie-t-il à Myeko avant de disparaître en courant.

Harriet sort la dernière. Elle a un air bizarre. Ses nattes sont tout en désordre à cause du châle. La poudre foncée qu'elle a sur le visage fait paraître tout blanc l'endroit de son faux nez. Elle regarde Myeko comme si elle voulait lui dire quelque chose, un reste de crainte au fond des yeux. Puis elle détourne la tête et poursuit son chemin.

Le dernier jour de classe, tout le monde vide son bureau, rend ses livres et rentre chez soi. Harriet et Carole courent sur le trottoir, la main dans la main, en faisant des bonds de joie et en chantant :

« Vivent les vacances ! A bas les pénitences...

– ... Les cahiers au feu et les maîtres au milieu ! » ajoute l'incorrigible Orville.

Myeko se sent étrangère à la joie générale.

Elle a perdu les amis qu'elle avait eu tant de mal à se faire !

Les jours qui suivent, Myeko est heureusement très occupée. Elle aide maman-san à nettoyer la maison de fond en comble. Elles lavent les vitres, nettoient les placards et font briller le plancher comme un miroir.

Mais, quand la maison est toute propre, Myeko a beaucoup de temps libre et elle se sent seule.

Chaque fois qu'elle s'est cru devenir tant soit peu américaine, quelque chose a surgi pour lui rappeler sa vie au Japon et elle se sent perdue entre deux mondes différents.

Myeko a envie de pleurer. Elle va tout expliquer à sa maman.

A petits pas pressés, elle se dirige vers la cuisine.

« Maman-san ?... »

Maman-san n'entend pas et demande simplement :

« Myeko, peux-tu me passer la sauce de soja qui est dans le placard, s'il te plaît ? »

Maman-san voit alors combien Myeko a l'air malheureux : ses yeux sont anxieux et sa lèvre tremble. Elle baisse la tête pour cacher ses larmes, mais trop tard.

Maman-san se précipite auprès d'elle.

« Mon chaton, mon *nyan-nyan,* qu'as-tu ? »

Elle met son bras autour de ses épaules et la serre tendrement.

Myeko se met à sangloter. Peu importe qu'elle soit grande, maintenant. Elle s'accroche à maman-san comme lorsqu'elle était toute petite.

« Maman-san, je veux retourner à Osaka. Je suis si malheureuse ici : je ne suis pas japonaise, je ne suis pas américaine... Je suis seulement différente de tout le monde... Et je voudrais tant être comme les autres !

– Ma petite fleur chérie, pourquoi vouloir renier ce qui est japonais parce que nous ne sommes plus au Japon ? Peu importe l'endroit : ce qui est beau et bon est apprécié partout. Regarde les cerisiers en fleur, par exemple; tout le monde les admire. Nous ne pouvons pas repartir. Il faut que ce pays devienne ton pays d'adoption. »

Myeko s'arrache des bras de maman-san et s'essuie les yeux avec ses poings. Elle ne sait plus bien où elle en est.

« Sors un peu dans le jardin, maintenant, Myeko-chan. Va voir les volubilis qui commencent à fleurir sur la clôture, derrière la maison. Papa-san a trouvé les graines

au super-marché; ils sont magnifiques ! »

Myeko descend au jardin. Les belles fleurs de Papa-san ont sur elle l'effet apaisant d'un baume sur une blessure.

« Je vais en cueillir quelques-unes et les arranger pour maman-san, pense-t-elle. Il faut que j'oublie mes sottes pensées. »

Un jour où elle est avec maman-san dans un grand magasin, Myeko aperçoit un ensemble qui l'enchante : pantalon corsaire jaune et haut fleuri, exactement comme celui de Carole. Elle ne peut s'empêcher de pousser une exclamation. Si seulement elle pouvait en avoir un pareil, peut-être se sentirait-elle moins différente des autres.

« Qu'y a-t-il, Myeko-chan ?

– Quel joli ensemble, maman-san ! Exactement le même que celui de Carole.

– Tu m'as si bien aidée dans la maison depuis le début des vacances que je vais te l'acheter », dit maman-san.

Myeko va dans un salon d'essayage avec maman-san et elle se regarde dans la glace :

« Tu ne trouves pas que je ressemble à Carole, avec ma queue de cheval et mon nouvel ensemble, maman-san ? » demande-t-elle en riant.

Mais maman-san n'a pas dû comprendre. Sans doute a-t-elle cru que Myeko parlait de son visage, car elle répond :

« Non. Tu ressembles à Myeko. »

Le soir, Myeko prend sa poupée sur la coiffeuse.

Elle arrange soigneusement sa robe et lui parle avec un grand sérieux :

« Ne crois-tu pas, O-Ningyo-san, que, si Carole n'était plus fâchée avec moi, elle serait déjà venue me voir ? »

Puis, replaçant la poupée sur la coiffeuse, elle ajoute :

« Tu sais, O-Ningyo-san, l'amitié vaut toutes les fortunes du monde ! »

La poupée semble dire oui avec sa tête :

« Comme tu as raison ! Comme tu as raison ! »

« Peut-être Carole viendra-t-elle demain, ou après-demain ? »

Mais, soudain, le visage de Myeko s'éclaire ! Elle a une idée, une excellente idée !

Et c'est un sourire sur les lèvres que Myeko s'endort ce soir-là, car elle a décidé d'aller voir Carole pour lui demander d'être de nouveau son amie. Peut-être voudrait-elle bien la croire cette fois-ci ?

Le lendemain, Myeko arrive de bonne heure chez Carole.

Toute souriante, la maman de celle-ci vient lui ouvrir et lui dit :

« Bonjour, Myeko. Carole est partie en colonie de vacances. »

Myeko remercie poliment la maman de Carole et se dirige vers le portail.

« Je suis désolée, Myeko. Elle ne vous a

pas dit qu'elle devait partir tout de suite après la distribution des prix ?

– Non, madame. »

Myeko revient lentement sur ses pas.

« Sera-t-elle absente tout l'été ?

– Je le crains, Myeko. »

Ce n'est pas tant l'absence de Carole qui contrarie Myeko. Mais elle se demande si elles pourront un jour redevenir amies.

Le lendemain matin, pour son petit déjeuner, maman-san verse des flocons d'avoine dans le bol de Myeko.

« Myeko-chan ! Es-tu sûre que tu veux manger ces choses bizarres qui ressemblent à des bouts de papier ? »

Myeko avale stoïquement une bouchée. On dirait du coton !

« C'est ce que beaucoup d'enfants américains prennent le matin. »

Elle essaie d'ignorer la bonne odeur qui se dégage du bol de riz fumant de papa-san.

« Et, en plus, maman-san, avec cinq dessus de paquets seulement, je peux avoir un sifflet à roulette. Carole, Harriet, Orville... tout le monde en a. »

Papa-san paraît stupéfait.

« Toi, Myeko-chan, un sifflet à roulette ?

Je n'aurais jamais cru que tu serais tentée par une chose pareille !

– Non, bien sûr. Mais les autres en ont tous. Alors... »

Myeko reprend une cuillerée de flocons. On croirait manger du papier ! Et dire qu'il en faut cinq paquets ! L'eau lui vient à la bouche en regardant le riz tout chaud qui sent si bon. Elle est sur le point d'en demander, mais résiste à la tentation !

Chapitre 7

Un petit oiseau de toutes les couleurs

Après le petit déjeuner, Myeko s'installe sur une marche du perron avec du papier, de l'encre et un pinceau et elle se met à dessiner les plantes qui bordent l'allée. Relevant la tête, elle voit avec surprise une voiture de déménagement qui s'arrête devant la maison voisine. Est-il possible que quelqu'un vienne habiter à côté ? Quelle chance s'il y avait des enfants avec qui elle pourrait jouer !

Une vieille dame, le visage auréolé de cheveux blancs et brillants comme de la soie, entre dans la maison.

Elle porte une cage d'oiseaux avec tant de précaution qu'elle n'aperçoit pas Myeko.

Celle-ci pose son pinceau et se hausse sur la pointe des pieds pour regarder par-dessus la haie. Elle adore les oiseaux et se demande ce que peut contenir la cage.

A ce moment, papa-san sort de la maison en lui demandant :

« Tu veux m'accompagner chez le grainetier, Myeko-chan ?

– J'arrive tout de suite, papa-san. Le temps de ranger mes affaires. »

Myeko ne tarde pas à revenir et elle s'installe dans la camionnette à côté de papa-san.

En arrivant chez le grainetier, Myeko va tout de suite vers le fond du magasin pour regarder les animaux. Elle rit de plaisir à la vue d'une petite souris blanche dans sa cage.

Myeko se dirige ensuite vers le coin des oiseaux. Il y en a un, d'un noir bleuté, qui semble lui dire :

« Jolie-jolie ! Jolie-jolie ! »

Myeko éclate de rire et se dirige vers la cage suivante. Là, elle laisse échapper un cri d'admiration :

« Oh ! papa-san ! Regarde ces oiseaux de toutes les couleurs ! Est-ce que c'est ce qu'on appelle des oiseaux de paradis ?

– L'étiquette indique que ce sont des « psittacules ou petites perruches vertes à tête rose », Myeko. »

Extasiée, Myeko contemple le minuscule bec rouge qui brille comme du corail au milieu des plumes roses. L'oiseau tout entier a l'air d'un bijou avec son dos vert jade, ses ailes dorées et sa queue turquoise. On le croirait échappé à une broderie précieuse.

« Oh ! papa-san, je donnerais tout au monde pour en avoir un !

– Peut-être pourrais-tu gagner assez d'argent pour l'acheter si tu m'aidais aux travaux du jardin, Myeko. »

Myeko bondit de joie :

« Oh ! oui, papa-san, je vais travailler très fort ! »

Myeko accompagne papa-san dans tellement de jardins qu'elle ne peut se souvenir de tous ! Elle arrache les mauvaises herbes au pied des verveines aux couleurs vives ; elle aide à attacher la glycine ; avec de grandes cisailles, elle taille les haies de troènes fleuris. Et elle transporte inlassablement des corbeilles de feuilles et de branches coupées.

Myeko a vite fait de remarquer que, dans beaucoup de jardins, il y a les mêmes plantes qu'au Japon.

Un jour, en nettoyant un bosquet de bambous auprès d'une magnifique maison neuve, elle ne peut s'empêcher de dire :

« Papa-san, es-tu sûr que nous ne sommes pas au Japon ? Il me semble voir toutes les plantes que nous avions là-bas. »

Papa-san se met à rire en continuant à tailler une bordure de buis :

« Elles ne sont pas venues ici toutes seules, Myeko-chan. Beaucoup ont été apportées par des émigrés japonais. C'est la moindre des choses que d'apporter un cadeau quand on va chez des amis. Mais, quand on arrive dans un pays pour y vivre, c'est beaucoup plus important. Les Japonais sont experts dans l'art du jardinage; il est donc naturel qu'ils aient apporté des fleurs. Les gens d'autres pays ont aussi fait présent de ce qu'ils aiment.

– Quoi, par exemple, papa-san ?

– Les Suédois et les Norvégiens ont apporté leur expérience en matière de pêche, d'élevage et de laiterie. Les Mexicains, leurs épices, leur musique et leur art brillamment coloré. »

La pêche ? L'élevage ? L'art ? Quels étranges présents ! pense Myeko. Ce n'est pas le genre de cadeau que l'on peut mettre dans un paquet avec une jolie ficelle rouge autour ! Puis, les conseils que papa-san lui a donnés il y a quelque temps lui revenant à l'esprit, elle pense plus que jamais qu'elle n'a rien à offrir à ce nouveau pays.

Le soir, quand ils rentrent à la maison, papa-san lui dit :

« Tu m'as bien aidé, Myeko. »

Et il lui donne une pièce, parfois deux, pour la récompenser de ses efforts.

Myeko va alors dans sa chambre et met les pièces dans une petite boîte sur sa commode. Elle les compte et les recompte souvent. Comme elle est fatiguée ! Et il lui reste encore tant d'argent à gagner pour pouvoir acheter l'oiseau de toutes les couleurs !

Souvent, en partant avec papa-san, Myeko voit la dame aux cheveux blancs en train d'arroser ou de ratisser son jardin et elle la salue toujours poliment. Un matin, elle aperçoit chez elle un garçon qui doit avoir son âge bien qu'il soit plus grand et plus fort qu'elle; mais, de loin, elle ne le distingue pas très bien. Comme ce serait amusant de faire sa connaissance au lieu de jardiner toute la journée ! Puis, pendant plusieurs semaines, elle ne le voit plus.

Un jour où elle est en train de compter ses pièces pour la centième fois, elle se met soudain à sauter de joie et court à la cuisine : « Maman-san ! Plus qu'une seule pièce et je pourrai acheter l'oiseau ! »

Papa-san lui dit alors que, le lendemain soir, en rentrant à la maison, ils pourront s'arrêter chez le grainetier. Myeko met ses pièces dans un sac en papier et le sac dans sa poche.

Le matin de ce jour mémorable, Myeko jardine comme d'habitude avec papa-san. Or voici qu'en allant jeter une brassée de feuilles, elle bute contre une petite branche et tombe brutalement au milieu des feuilles éparpillées. Le sac en papier tombe dans le caniveau, se déchire et les pièces glissent comme un ruisseau d'argent à travers une grille d'égout ! Myeko essaie de les rattraper, mais en vain ! Le sac est vide comme un ballon dégonflé.

« Non, non, ce n'est pas possible ! Tout l'argent pour mon bel oiseau ! »

Elle a beau tirer sur la grille de toutes ses forces, celle-ci ne bouge pas. Elle se rend compte alors qu'il est impossible de l'enlever, car elle est fixe. Elle colle son visage tout

contre les barreaux, mais ne voit que du noir. De tout en bas lui parvient l'écho du gravier et du sable qu'un cours d'eau rapide entraîne dans une grosse conduite en ciment. Et, à la pensée de la boue noirâtre qui emporte ses pièces, Myeko éclate en sanglots !

« Myeko ! »

Papa-san est près d'elle. Qu'est-il arrivé ?

Myeko pleure si fort qu'elle peut à peine parler.

« Quel malheur ! s'écrie papa-san en la serrant contre lui. Viens, nous allons t'acheter quelque chose de bon pour sécher tes larmes. Il me semble qu'il y a bien longtemps que tu n'as pas mangé de gingembre confit ? »

Myeko se relève tristement et prend l'argent que papa-san lui tend pour aller chercher du gingembre au magasin qui est au bout de la rue.

Des sucreries pour remplacer une petite perruche jolie comme un bijou ! Myeko regarde les morceaux confits et dorés en essayant d'imaginer la saveur brûlante qu'elle aime tant, mais elle ne peut détacher sa pensée de l'oiseau. En revenant vers papa-san qui l'attend, elle prend un morceau de gingembre dans le sac. Elle va le savourer tout doucement. Elle essaie résolument de ne plus penser aux pièces d'argent que le flot de l'égout entraîne rapidement.

Relevant alors la tête, elle voit un garçon marchant en sens inverse sur le même trottoir qu'elle... à moins que ce ne soit une fille ? Il lui semble pourtant connaître ce visage... Qui cela peut-il bien être ? Quand elle arrive à sa hauteur, Myeko porte la main à sa bouche pour cacher un sourire. C'est Orville ! Mais ses cheveux sont hirsutes et si longs qu'ils bouclent dans le cou !

Celui-ci lève soudain la tête et aperçoit Myeko; mais il fait mine de ne pas la voir. Myeko a un sourire espiègle; elle ne peut résister à la tentation de taquiner Orville à son tour ! Alors, d'une petite voix, pas très brave quand même, elle lui dit :

« Puis-je savoir qui est cette petite fille ? »

Orville se retourne brusquement. Il a les mains enfoncées dans ses poches et il est rouge comme un coquelicot.

« Oh ! ça va ! Je vais justement chez le coiffeur. Et puis, qu'est-ce que ça peut te faire ?

– Ne te fâche pas, Orville. Mais, dis-moi, pourquoi est-ce que tes cheveux sont si longs et si frisés ?

– C'est parce que j'ai passé trois semaines dans le chalet de mon oncle et qu'il n'y avait pas de coiffeur dans le coin. »

Puis il ajoute plus bas, d'un air embarrassé :

« Eh, tu ne diras rien aux autres... je veux dire, pour les boucles ?

– Bien sûr que je ne leur dirai rien, si ça t'ennuie, Orville ! »

Myeko prend un morceau de gingembre dans le sac et l'offre à Orville.

« Tiens; tu en veux ?

– Tu es une drôle de chic fille, Myeko ! Dis-moi, à propos, c'était toi qui avais renversé le pot de peinture, finalement ?

– Non, Orville. Ce n'était pas moi. »

Orville croque à belles dents dans le gingembre.

« J'y ai pensé plusieurs fois depuis, et je parierais que c'est Harriet Simm qui a fait le coup. Elle ne peut pas te sentir. Elle est jalouse parce que tu es aussi intelligente qu'elle et... aïe ! aïe ! aïe ! »

Orville ouvre la bouche et aspire de l'air pour essayer de rafraîchir son gosier brûlant.

« Qu'est-ce que tu m'as donné là ? »

C'est cruel de se moquer des autres, mais Myeko ne peut s'empêcher de rire.

« Tu l'as mangé trop vite ! Le gingembre se grignote parce que c'est terriblement fort ! »

Ils bavardent ensuite pendant un moment. Myeko essaie de ne pas penser à l'oiseau, mais elle est si contente de revoir Orville et de rire avec lui qu'elle lui raconte ses malheurs :

« J'ai tant travaillé pour pouvoir acheter ce petit oiseau et, maintenant, tout mon argent est perdu !

– Eh, j'ai l'impression que c'est un oiseau comme ceux de ma tante Bess ! A propos, elle vient de s'installer dans ta rue et même, tant que j'y pense, dans la maison rose qui est à côté de la tienne.

– Ah ! c'est elle, la dame aux cheveux blancs ?

– La dernière fois que je suis allé la voir, elle m'a demandé qui habitait à côté. Elle aime votre cour avec ses arbres et le grand jardin que vous avez derrière, tout plein de fleurs et de légumes.

– Oh ! Orville ! Tu crois qu'elle voudrait bien que j'aille voir ses oiseaux, un jour ? »

Myeko sautille d'un pied sur l'autre.

Orville poursuit, comme s'il ne l'avait pas entendue :

« Elle est folle de ses oiseaux ! Moi, je préférerais avoir un gros chien plein de poils plutôt que ces petites choses fragiles. Ils ressemblent à un dessus de lit en *patchwork*[*].

* Fait de petits carrés de toutes les couleurs.

C'est pour ça qu'elle en appelle un Patch. L'autre, c'est Pêche, à cause de la couleur de sa tête. Si tu savais comme elle y tient ! Elle ne s'en séparerait pas pour tout l'or de la terre ! »

Puis Orville s'arrête net comme si une pensée soudaine venait de lui traverser l'esprit.

« Si tu me promets de ne rien dire à personne au sujet de mes cheveux, j'ai une idée formidable ! D'accord ?

– Je te promets; mais, de toute façon, je n'avais pas l'intention...

– Bon, bon. »

Orville se dirige vers le coiffeur puis, tout à coup, il se retourne pour crier à Myeko :

« J'irai chez toi demain matin pour t'expliquer. Pourvu que ça marche ! »

Le lendemain matin, en aidant maman-san à faire le ménage, Myeko ne peut s'empêcher de penser au bel oiseau qu'elle a perdu.

Tout à coup, pendant qu'elle est occupée à secouer le balai à franges rouges dans le jardin, elle aperçoit Orville qui se dirige vers la maison. Quelle joie de l'avoir de nouveau pour ami ! Cela amène Myeko à penser à Carole; que peut-elle bien faire pendant ces longues vacances ?

« Bonjour, Orville. Comme tu es matinal ! »

Orville est tout essoufflé d'avoir couru.

« Tu es prête, Myeko ? Tu peux venir avec moi ? »

Myeko range le balai et demande à maman-san la permission d'aller jouer un moment avec Orville.

« Où cela, Myeko-chan ? Dans notre jardin ? »

Orville passe la tête par la porte.

« Nous allons juste à côté, chez ma tante Bess, madame Matsuda. »

Maman-san permet et ils s'en vont.

Myeko court joyeusement avec Orville jusqu'à la maison rose. Mais, en commençant à monter les marches du perron, elle se sent soudain intimidée. Elle ne connaît pas cette dame; que va-t-elle lui dire ? Et pourquoi Orville l'emmène-t-il chez elle ?

Orville frappe si fort à la porte que la moustiquaire en tremble ! Puis, sans attendre, il entre et crie à tue-tête :

« Tante Bess, est-ce que je peux entrer ? »

Une dame menue, à cheveux blancs et vaporeux, sort de la cuisine.

« Qu'est-ce que c'est ? Qu'est-ce que c'est ? »

Apercevant les enfants, elle sourit.

« Eh bien, Orville ! Que fais-tu ici de si bonne heure ? Et qui amènes-tu là ? »

Elle regarde attentivement Myeko.

« N'êtes-vous pas la petite fille qui habite à côté ?

– Oui, tante Bess », répond poliment Myeko.

Orville se retourne brusquement :

« Eh, ce n'est pas ta tante ! Il ne faut pas l'appeler tante Bess. »

Et il se met à rire.

Myeko est plus intimidée que jamais ! Elle pense qu'elle n'aurait jamais dû venir. Mais la dame lui pose la main sur l'épaule :

« Au contraire, mon enfant. Je suis très contente que vous m'appeliez tante Bess. »

Myeko se sent soulagée d'un grand poids.

« Nous sommes venus voir vos oiseaux, tante Bess. »

Orville se dirige vers la cuisine et fait signe à Myeko de le suivre.

« Vous aimez les oiseaux, Myeko ?

– Je les aime beaucoup, tante Bess. »

En arrivant dans la cuisine, Myeko entend des pépiements et le bruit de petites griffes sur des barreaux... elle approche encore et... les voilà ! Ils sont aussi beaux qu'un ciel d'automne et se ressemblent comme deux gouttes d'eau ! Myeko se hausse sur la pointe des pieds pour mieux les voir. Dans un coin de la cage, il y a un nid avec quatre petits œufs fragiles au fond !

« Ce sont exactement les mêmes que ceux du magasin ! s'écrie Myeko impétueusement, toute timidité envolée.

– Tante Bess, est-ce que Myeko pourrait s'occuper de vos oiseaux quand vous partirez en vacances la semaine prochaine ?

– Cela m'arrangerait beaucoup, Orville. Vous voulez bien, Myeko ? Et que diriez-vous si, pour vous remercier de votre peine, je vous donnais un des petits quand ils seront nés ? »

Myeko hésite entre le rire et les larmes. Elle se domine et réussit à répondre :

« Que vous êtes bonne, tante Bess ! Je vous remercie mille fois. »

Et, tandis qu'elle regarde un des petits oiseaux lisser ses plumes multicolores de son minuscule bec rouge, elle brûle de courir partager sa joie avec maman et papa-san.

Myeko s'occupe fort bien des oiseaux en suivant fidèlement les instructions qu'elle a reçues. Quelques jours après le retour de tante Bess, quatre petits oiseaux maigres et nus sortent de l'œuf. Myeko a peine à croire qu'ils soient de la même race ! Et cela lui semble une éternité avant qu'elle puisse emporter le sien chez elle !

Enfin, il est assez grand pour qu'elle le prenne ! Myeko l'installe dans une cage en bambou, près de la fenêtre, sur la table de la cuisine. Comme il est petit ! Quand il ébouriffe ses plumes, on dirait une petite boule multicolore ! Myeko l'adore. Parfois, quand elle lui parle, il semble lui répondre de sa petite voix :

« Chou-chou ! Chou-chou !

– Je vais l'appeler Chou-chou-san », décide-t-elle.

Et peu à peu, il s'apprivoise.

« Un jour, je lui apprendrai à manger dans ma main ! »

Et voici la fin de ce long été. Septembre arrive, avec la rentrée des classes. Myeko a une nouvelle maîtresse : Miss Brighton. Elle est contente de retourner à l'école, mais elle n'a pas vu Carole de toutes les vacances et elle a peur que celle-ci ait déménagé. Ou peut-être, tout simplement, ne veut-elle plus être son amie à cause de l'histoire de la peinture renversée. Myeko espère qu'elle a oublié cet incident.

Mais Carole n'a pas l'air aimable. Elle répond à peine au bonjour de Myeko et lui tourne le dos. Harriet non plus n'adresse pas la parole à Myeko, mais cela n'a rien d'étonnant.

Le lundi suivant, Miss Brighton dit à ses élèves :

« Vous me préparerez une histoire pour la raconter en classe jeudi prochain pendant le cours de grammaire. »

Myeko note cela soigneusement dans son cahier de textes.

Un peu plus tard, pendant la classe de sciences naturelles, Miss Brighton annonce qu'elle a l'intention d'organiser un club des « Amis de la Nature ». Les enfants qui désirent en faire partie doivent apporter une plante sauvage – ou un petit animal – avant vendredi matin, date limite de l'inscription.

« Samedi, il y aura une sortie du club organisée par l'école. Nous irons en autocar jusqu'au lac du Grand-Ours pour y faire de la botanique. Aussi, que ceux qui veulent venir se mettent bien vite à la recherche de ce que j'ai demandé. »

Et Miss Brighton donne des exemples de ce que l'on peut apporter.

Myeko est enchantée à l'idée de faire de la botanique ! Elle monte les marches du perron deux par deux, car elle est pressée de parler à maman-san du club des Amis de la Nature. Elle a envie de partir immédiatement à la recherche du spécimen demandé. Quelle chance d'habiter près des collines !

« Maman-san ! »

Myeko pousse la porte. Maman-san est dans la cuisine au milieu d'une montagne de poires jaunes !

« Myeko, ces poires sont déjà trop mûres. Il faut que nous les mettions en bocaux aujourd'hui même. »

Myeko est un peu déçue. Mais il lui reste encore plusieurs jours d'ici à vendredi.

Le mardi, en rentrant à la maison, Myeko espère avoir terminé ses devoirs de bonne heure pour pouvoir se mettre en campagne.

Mais il y a tant d'arithmétique ! Si seulement il n'y avait que des opérations à faire, mais il y a aussi plusieurs problèmes et le calcul est le point faible de Myeko !

Elle y passe un temps fou.

« Comme j'aimerais trouver un animal pour le club ! » s'exclame-t-elle soudain tout haut en relevant la tête.

Sur une étagère du buffet, il y a un gros blaireau en porcelaine. Il est debout sur les pattes de derrière, les pattes de devant croisées sur son ventre tout rond. Il a un sourire malicieux comme Bun-Buku-Cha-Gama, le blaireau des contes japonais. Comme Carole avait ri quand Myeko lui avait raconté cette histoire !...

Enfin Myeko a terminé ses problèmes ! Elle aperçoit la camionnette de papa-san qui entre dans la cour. Ses phares sont déjà allumés. Il est encore trop tard aujourd'hui !

Le lendemain, à l'école, Orville apporte des empreintes de putois moulées dans du plâtre et Carole une grande tige de yucca avec de longues gousses rondes.

En voyant le visage rayonnant des nouveaux membres, Myeko les imagine partant en excursion à travers les pins et elle brûle de pouvoir les accompagner. Les jours passent trop vite : ils volent !

Le mercredi, quand Myeko rentre de l'école, sa grande amie tante Bess l'appelle :

« Myeko, je m'absente pour deux jours. Voulez-vous prendre soin des oiseaux comme vous l'avez déjà fait ! Et aussi donner à manger au chat ? »

Myeko approuve de la tête et répond poliment. Elle ferait n'importe quoi pour sa grande amie. Mais tante Bess n'en finit plus de lui faire des recommandations ! Myeko regarde le bout de ses chaussures en se demandant si elle aura le temps d'aller dans les collines à la recherche d'une plante sauvage ou d'un petit animal.

Enfin, tante Bess est prête à partir. Mais elle se retourne pour ajouter :

« Oh ! Myeko, j'allais oublier. Pouvez-vous aussi arroser la pelouse ? »

« Je n'arriverai jamais à rapporter ce que la maîtresse a demandé ! » soupire tristement Myeko en branchant le tuyau d'arrosage...

Après le dîner, elle met de la viande pour le chat à la porte de la cuisine. Puis elle lui apporte de l'eau dans une marmite. Elle regarde pensivement cette dernière et se met à murmurer :

« Marmite, sois gentille ! Transforme-toi en blaireau pour que je puisse devenir membre du club des Amis de la Nature ! »

Et, par jeu, elle fait des signes cabalistiques sur la marmite en murmurant la formule magique de la fable :

« Buku-ruku-buku-ruku, marmite, sois Bun-Buku-Cha-Gama ! »

Puis elle éclate de rire en apercevant le gros chat gris qui vient chercher son dîner :

« Ah ! voilà déjà mon blaireau ! »

Le jeudi matin, Myeko n'a encore trouvé ni plante ni bête sauvage ! En allant en classe,

ce jour-là, elle est très inquiète au sujet du club. Elle ne pourra pas accompagner les autres !

Pendant la leçon de grammaire, Myeko sort son livre, mais son esprit est ailleurs. Elle regarde rêveusement en direction des collines; là où elle pourrait sûrement trouver le spécimen qui lui est demandé. Soudain, elle entend la voix de Miss Brighton :

« Vous vous souvenez que c'est aujourd'hui que vous devez raconter une histoire que vous avez lue. Myeko, nous allons commencer par toi; veux-tu monter sur l'estrade ? »

Pendant une seconde, Myeko continue à regarder par la fenêtre et à penser à autre chose.

« Myeko, veux-tu monter sur l'estrade pour nous raconter une histoire ? »

Cette fois, Myeko entend son nom; elle tressaille et regarde autour d'elle.

« Excusez-moi, Miss Brighton. Quelle page avez-vous dit ? »

Les enfants se mettent à rire.

« Myeko, je crois bien que tu n'écoutais pas. Aujourd'hui, vous aviez à préparer une histoire pour la raconter à vos camarades. Nous attendons. »

Myeko voudrait être une petite souris pour

pouvoir se cacher dans un trou ! Elle reste muette, car elle n'a pas préparé d'histoire; elle a complètement oublié ! Elle se lève et s'avance lentement vers l'estrade en songeant que c'est de la folie puisqu'elle n'a rien à raconter.

Enfin, elle fait face aux élèves, les yeux baissés, essayant de rassembler ses idées. Mais elle est paralysée par la peur.

« Eh bien, Myeko ? Nous attendons. »

La voix de Miss Brighton est douce mais ferme.

« Je... Je... suis... »

Et Myeko lève la tête et regarde droit devant elle. Tous les enfants ont les yeux braqués sur elle et attendent son histoire.

« Comme je suis sotte, pense-t-elle. Je n'aurais jamais dû monter sur l'estrade ! »

Harriet semble trouver cela très drôle. Orville, lui, la contemple par-dessus ses lunettes avec impatience. Myeko tourne alors les yeux vers Carole. Elles se dévisagent. Carole a un visage impassible, comme si elle ne voyait pas Myeko.

« Myeko ! Tu n'es pas montée sur l'estrade pour rester là sans rien dire ?

– Je... heu... »

Les yeux de Myeko sont toujours fixés sur le visage de Carole, vide de toute expression.

Soudain, Carole semble comprendre son embarras. En une seconde, elle se compose une attitude : un large sourire sur les lèvres et les deux mains sur le ventre ! Tout d'abord, Myeko trouve cela étrange; puis elle a un éclair de compréhension. Mais peut-elle raconter cette histoire ? Il vaudrait sans doute mieux une histoire américaine ? Cependant, elle se décide :

« Oui, oui ! Je vous demande mille fois pardon de vous avoir fait attendre si longtemps. »

Et son visage s'épanouit de soulagement.

« Je vais vous dire l'histoire du chaudron magique. On l'entend souvent raconter au Japon par les conteurs publics qui se tiennent au coin des rues et qui rythment les récits par des roulements de tambour. Leurs histoires commencent toujours par ces mots : « *Mu kashi, mu kashi* », ce qui signifie : « Il était une fois. »

« *Mu kashi, mu kashi.* Il était une fois dans un monastère un gros chaudron de métal qui servait à faire le thé. »

Myeko tend ses deux mains devant elle comme si elle tenait un énorme chaudron rond.

« Un jour que deux jeunes serviteurs avaient pris le chaudron pour faire bouillir de l'eau pour le thé, quelle ne fut pas leur surprise, en le posant sur le feu, de l'entendre grommeler très fort : « C'est trop chaud, c'est trop chaud ! »

Tous les enfants sont immobiles, les yeux fixés sur Myeko. Tous, sauf Harriet qui, fort impoliment, fait mine de lire.

« Et voici que, tout à coup... »

Myeko lève les mains et ses yeux élargis simulent la surprise.

« ... devant les serviteurs étonnés, le chaudron se transforme en un gros blaireau qui s'enfuit en courant. Mais, les jeunes gens l'ayant rattrapé, il se transforme en chaudron. Ils allèrent conter leur aventure à un moine. »

Myeko prend alors une voix grave pour imiter le moine :

« – Il faut que nous nous débarrassions de ce chaudron ensorcelé », dit aussitôt celui-ci.

« Et on le donna à un marchand de ferraille qui passait justement ce jour-là.

« Alors... (Et Myeko sourit légèrement car ses camarades, à l'exception d'Harriet, sont suspendus à ses lèvres)... alors, le blaireau, qui voulait être gentil avec le pauvre chiffonnier, lui montra tous les tours qu'il savait faire et lui conseilla de donner des représentations pour les enfants. Le blaireau savait marcher sur une corde raide et les spectateurs, ravis, applaudissaient de le voir se balancer dans le vide. Le ferrailleur gagna ainsi beaucoup d'argent. »

Puis la voix de Myeko baisse d'un ton :

« Mais, un jour que celui-ci voulait remercier le blaireau, il le trouva de nouveau transformé en chaudron. Cela le rendit bien triste. »

Les enfants, en écoutant Myeko, semblent partager le chagrin du ferrailleur.

« Alors, il rapporta le chaudron au moine avec la moitié de l'argent. Et, depuis ce jour, le chaudron magique ne fait plus de tours ! »

Myeko met un doigt sur ses lèvres et murmure tout bas, comme si elle leur confiait un secret :

« Mais qui sait s'il ne se retransformera pas, un jour, en blaireau... »

Une fois son histoire finie, Myeko est tout heureuse quand elle retourne à sa place. Ce n'est pas tant à cause des applaudissements des enfants, mais parce qu'elle sent que Carole est de nouveau son amie. Autrement, lui aurait-elle, si gentiment, rappelé l'histoire du blaireau ?

Chapitre 8

Le club des « Amis de la Nature »

Après le dîner, Myeko a le droit de partir sur la colline. Vite ! C'est demain le dernier jour pour apporter un spécimen de la nature. Myeko traverse la ville et commence à monter au flanc de la colline. Partout autour d'elle ce ne sont que plantes brunes et rouges, agaves et cactus. Il faut qu'elle se hâte car elle voit, au-dessus de sa tête, une nappe de brouillard grisâtre qui tombe rapidement. C'est alors qu'elle aperçoit soudain une grappe de fruits rouges accrochée à un figuier de Barbarie.

« Voilà exactement ce qu'il me faut ! » s'écrie-t-elle, ravie.

Myeko fait des efforts pour l'atteindre, mais les fruits sont tout en haut de la plante hérissée d'épines. Un gros rocher déchiqueté se trouve juste à côté et, après deux tentatives infructueuses, elle parvient à s'y accrocher. Elle a trouvé une bonne prise pour ses mains, mais elle est encore loin du sommet. Enfin, en rampant sur le ventre, elle arrive à se hisser jusqu'à une saillie du rocher et à y poser un pied. Le reste de l'escalade est facile et elle peut bientôt se tenir debout au sommet.

Quelle déception, alors, de s'apercevoir que plusieurs branches de cactus la séparent encore des fruits ! Elle essaie de se pencher autant qu'elle le peut, mais les épines acérées traversent sa blouse.

La nuit approche, Myeko se dépêche de renouveler sa tentative. Elle se hisse sur la pointe des pieds et, malgré les piquants, elle prend appui sur le cactus et tend la main aussi loin qu'elle le peut... mais les figues sont encore hors de sa portée ! Alors, elle s'appuie tout doucement contre la plante et s'étire au maximum. Elle peut enfin toucher une figue du bout de ses deux doigts et essaie de la saisir comme entre deux baguettes. Mais elle n'y parvient pas. Il faut pourtant qu'elle l'attrape. Elle fait un petit saut et se penche en avant... si loin qu'elle perd l'équili-

bre et tombe sur le cactus qui la transperce de ses aiguilles pointues !

« Aïe, aïe ! »

Myeko se rejette rapidement en arrière sur le rocher, et, assise sur une plate-forme pour retirer les épines de sa peau, elle se met à pleurer. Tous ses efforts ont été vains ! C'est fini, elle ne fera jamais partie du club des Amis de la Nature !

Dans le ciel, les nuages se font de plus en

plus sombres; il lui faut vite rentrer. Myeko traverse en courant un terrain abandonné rempli de mauvaises herbes; elle y voit mal, car des larmes lui brouillent la vue. Comme il fait noir, maintenant !

Myeko est presque arrivée chez elle. La lampe du porche est allumée et Myeko aperçoit un gros chat en train de manger dans l'écuelle qu'elle a laissée avant de partir. Son épaisse fourrure gris-argent brille sous la lumière et ressemble à une gravure *sumi-e.* Mais, soudain, Myeko s'arrête et essuie ses larmes pour mieux voir : Quel drôle de chat ! On dirait qu'il a une queue de rat ! Et quel museau pointu... Myeko avance sur la pointe des pieds et aperçoit deux yeux brillants, noirs comme du charbon.

« Oh ! un opossum ! »

Myeko retient sa respiration. Si seulement elle pouvait le montrer au club ! Il faut absolument qu'elle l'attrape !... Mais comment ?

Tout doucement, elle fait un détour pour aller au garage. Elle y trouve l'épuisette dont papa-san se sert pour pêcher et revient par la pelouse à pas si légers qu'elle ne fait aucun bruit. Soudain, l'opossum se retourne. Comme son museau est noir et brillant ! En apercevant Myeko, il se met en boule comme un hérisson... une boule sur laquelle Myeko abat rapidement son épuisette : le voilà pris !

« Papa-san, papa-san, viens m'aider ! crie Myeko de toutes ses forces. J'ai attrapé un opossum !

– C'est toi, Myeko ? Qu'est-ce qu'il y a ? »

Papa-san ouvre la porte.

« Vite, vite, papa-san ! Il me faut une caisse. »

Papa-san va chercher un cageot qui contenait de la tourbe; il a tôt fait d'y enfermer l'opossum. Tandis que Myeko le regarde s'agiter dans sa cage, celui-ci ouvre la gueule toute grande et semble lui sourire de ses dents blanches et pointues.

« Je lui rendrai la liberté dès que les autres l'auront vu. Je ne veux pas qu'il soit malheureux. »

Et, prenant la marmite d'eau pour la mettre dans la cage, Myeko se met à rire :

« Es-tu vraiment ensorcelée ? lui demande-t-elle. Est-ce toi qui m'as apporté mon opossum ? »

Myeko se sent aussi heureuse et légère qu'un petit nuage !

Effectivement, les enfants sont enthousiasmés. Seule, Harriet se renfrogne dans son coin; cela n'a rien d'étonnant ! Tout ce qui touche à Myeko semble lui déplaire. Mais elle est plus silencieuse que d'habitude et lève à peine la tête de son livre, même à la récréation.

A la sortie de l'école, les enfants parlent avec enthousiasme de l'excursion du lendemain au lac du Gros-Ours. Carole fait de nouveau le chemin avec Myeko et c'est merveilleux de rire avec elle comme avant ! En se retournant, Myeko aperçoit Harriet derrière elles. Celle-ci ne la voit pas ; elle a l'air très triste.

Myeko va à sa rencontre et lui dit gentiment :

« Est-ce que tu viens à la sortie du club, demain, Harriet ? »

Harriet relève rapidement la tête et dit :

« Non. D'ailleurs, je n'ai jamais eu l'intention d'y aller.

– As-tu apporté un spécimen de la nature ?

– Je... » Harriet secoue vivement la tête. « J'aurais pu en apporter des tas, mais je n'ai pas voulu. »

Et, tournant le dos, elle s'en va du côté opposé.

Myeko sent soudain une ombre à sa joie. Pourquoi n'est-elle plus aussi heureuse qu'elle l'était à la perspective de l'excursion ? Comme c'est étrange ! Elle aurait dû être contente de voir Harriet malheureuse, mais cela l'attriste !

Myeko et Carole aident maman-san à préparer leur pique-nique pour l'excursion au lac du Gros-Ours, là-haut dans la montagne. Elles portent toutes les deux le même pantalon corsaire. Avec sa queue de cheval et sa nouvelle tenue, Myeko se sent aussi américaine que Carole.

« Maintenant, je vais m'efforcer d'agir comme elle », décide-t-elle en mettant des petits gâteaux aux amandes dans le panier.

« Ce sera l'endroit idéal pour un pique-nique *tukimi*, Myeko, dit maman-san en enveloppant le poulet dans une serviette. D'autant que, ce soir, c'est la pleine lune. »

Carole, qui est en train de compter des cuillères dans le tiroir, relève brusquement la tête :

« Qu'est-ce que c'est qu'un pique-nique *tukimi* ?

– C'est un pique-nique au cours duquel on peut admirer la lune. »

Myeko voudrait bien que maman-san ne parle pas tout le temps de ces coutumes japonaises.

« Mais pourquoi regarder la lune ? »

Le visage de Myeko s'illumine d'un sourire :

« Parce qu'elle est jolie ! N'admirez-vous

pas ici la « lune des moissons », en septembre ? »

Maman-san interrompt ses préparatifs et regarde Carole :

« Au Japon, quand les récoltes sont rentrées, les gens sont heureux. Et ils vont à la mer ou à la montagne faire une excursion pour admirer la lune qui est si belle, en automne. »

Maman-san baisse le couvercle du panier et le ferme.

« Myeko, si tu montrais à Carole les *pu-kirri* que ta grand-mère t'a envoyés d'Osaka ? »

Encore ! Maman-san ne la laissera-t-elle donc jamais devenir une véritable Américaine comme Carole ? Mais, au fond d'elle-

même, Myeko est ravie de montrer son nouveau cadeau.

« J'en apprends des choses ! Qu'est-ce que c'est que des *pu-kirri* ?

– Tu vas voir ! »

Myeko court à sa chambre. Elle en revient avec une belle paire de socques rouges qu'elle fait tinter en les secouant. Une lueur de joie danse au fond de ses longs yeux noirs. Les socques ont deux lanières rouges en forme de « V ». Il y a des grelots dans leurs talons creux qui tintent comme des clochettes-fées !

Myeko les met et marche très lentement tout en les admirant.

Les grelots sonnent joyeusement : ding ! ding ! ding !

« C'est ce que j'ai de plus précieux », songe Myeko.

Les yeux bleus de Carole s'emplissent d'admiration en regardant les socques.

« Elles sont ravissantes », dit-elle avec envie.

Myeko pose doucement les socques rouges à côté de son lit. Elles sont beaucoup trop jolies pour les porter à la montagne.

Puis Myeko et Carole prennent le panier et s'apprêtent à partir. Maman-san recommande :

« Sois très prudente au bord de l'eau, Myeko-chan. Je ne voudrais pas que tu sois emportée par un *kappa* ! »

Pourquoi faut-il que maman-san fasse toujours allusion à toutes ces superstitions ? On sait bien que ces *kappas* qui essaient de noyer les enfants n'existent pas ! Myeko, pourtant, répond :

« Je ferai bien attention, maman-san.

– Qu'est-ce que c'est qu'un *kappa* ? » demande Carole en descendant le perron.

Myeko décide de ne pas répondre à cette question. Elle n'a pas envie qu'on se moque d'elle.

« Oh ! rien du tout, Carole ! Seulement des bêtises ! »

Le soleil est radieux, mais il fait frais au bord du lac, car l'hiver n'est pas loin. Myeko respire l'air pur à pleins poumons.

Les enfants font une longue promenade dans les bois en étudiant la flore sauvage. Myeko scrute l'ombre des frondaisons à l'écart du chemin et s'écrie :

« Regarde ! Je crois que j'aperçois des fleurs fantômes !

– Des fleurs fantômes ? » Carole s'approche pour mieux voir. « Oh ! quel joli nom pour des champignons ! C'est vrai qu'ils ressemblent un peu à des fantômes ! »

Il y a ensuite une randonnée à cheval. Carole monte très bien. Elle est souple et le trot la soulève à peine de sa selle. Myeko mène d'abord son cheval au pas le long du sentier semé d'aiguilles de pin. Puis celui-ci se met au trot et Myeko rebondit si fort qu'elle manque de tomber. Elle se raccroche heureusement au pommeau de sa selle, ce qu'un bon cavalier ne doit jamais faire. Mais, pour l'instant, Myeko a trop de mal à se maintenir sur sa monture pour se soucier de bien monter ! Elle se cramponne des deux mains et ses jambes ballottent en tous sens.

Carole la regarde :

« Pour qui te prends-tu ? Un pantin ou un cavalier ? »

Myeko rit et veut arrêter son cheval, mais celui-ci n'obéit pas tout de suite. Il finit quand même par s'immobiliser et Myeko se sent plus tranquille.

Peut-être qu'après tout, elle ne peut pas tout faire comme Carole ?

Elles s'installent pour pique-niquer sur la plage sableuse du lac. Une fois leur déjeuner terminé, Carole propose :

« Si nous allions nous baigner ? »

Beaucoup d'enfants sont déjà dans l'eau. Carole nage très bien. Elle lève les bras en cadence et tourne la tête régulièrement pour respirer. Myeko est bien contente d'avoir oublié son maillot de bain; ainsi les autres ne verront pas qu'elle sait à peine nager. Carole s'essuie les yeux et sort de l'eau :

« C'est vraiment dommage que tu aies oublié ton maillot, Myeko. Si tu savais comme l'eau est bonne ! Viens ! tu peux au moins faire un tour en bateau. »

Carole remonte sur la berge et saute dans une barque.

« Il faudrait peut-être demander la permission à Miss Brighton ?

– Oh ! elle est tellement loin... »

Carole montre l'autre côté du lac où Miss

Brighton s'amuse dans l'eau avec d'autres enfants. Elle tourne le dos et il y a tant de bruit qu'elle ne les entendrait pas si elles appelaient.

« C'est trop loin d'aller jusque là-bas pour lui demander. De toute façon, nous resterons près du bord et nous n'irons pas loin. Il n'y a pas de danger ! Viens !

– Si tu crois que c'est une bonne idée... »

Au fond d'elle-même, Myeko a l'impression que ce n'en est sûrement pas une ! Mais, après tout, Carole sait nager et elles ne tarderont pas à revenir.

La promenade est agréable; elles rament chacune à leur tour. De temps en temps, un petit poisson saute hors de l'eau, décrivant un arc d'argent, pour essayer d'attraper un insecte. Soudain, Myeko aperçoit dans l'herbe, au bord du lac, une énorme grenouille verte qui la regarde de ses gros yeux.

« Croa, croa ! » dit la grenouille en faisant un grand bond pour se rapprocher du bateau.

Plouf ! La voilà qui nage à côté de la barque. Myeko peut voir ses cuisses vertes et ses longs doigts s'étaler largement sous l'eau. Seuls, ses yeux semblent flotter à la surface comme deux bulles brillantes, la regardant fixement.

Myeko s'efforce au calme, mais son cœur bat très fort. Elle n'ose pas crier, de peur de l'effrayer. Elle murmure tout bas :

« Carole, tu as vu la grosse grenouille ?

– Oui, répond Carole sur le même ton.

– On peut peut-être l'attraper ? Elle est tout près.

– Je vais essayer d'avancer un peu le bateau. Essaie de la prendre pendant ce temps-là, Myeko. »

Se servant d'une seule rame, Carole fait

approcher l'embarcation sans bruit et presque sans remous.

Les rayons du soleil couchant rendent l'eau du lac toute rose.

Elles se rapprochent de la grenouille mais, au moment où Myeko se penche, celle-ci s'éloigne un peu plus du rivage. C'est joli de la voir nager ainsi avec tant de grâce et de force. Elle étire ses longues pattes de derrière et les ramène soudain comme si elle allait sauter tandis que, de ses pattes de devant, elle semble écarter l'eau devant elle.

« Quelle belle grenouille ! chuchote Myeko à Carole.

– Elle se moque de nous ! »

Myeko se souvient alors des recommandations de maman-san : « Attention aux *kappas !* »

« Que je suis sotte ! Les *kappas* n'existent pas », pense Myeko pour se donner du courage.

De nouveau, Carole fait glisser le bateau tout doucement avec une rame et, cette fois-ci, la grenouille reste immobile. Elle regarde Myeko et celle-ci peut voir son cou blanchâtre qui palpite. Derrière, le soleil enfonce ses rayons rouges dans l'eau brillante. Myeko se penche mais, comme elle va l'atteindre, la grenouille se détourne. Le cœur de Myeko bat à tout rompre. Il faut agir maintenant : elle ne sera jamais plus proche ! Myeko tend les deux mains si loin que, tout à coup...

« Attention ! » crie Carole.

Trop tard ! La barque se retourne et, plouf, Myeko s'enfonce dans l'eau glacée ! Elle n'a pas pied et s'enfonce de plus en plus profondément tandis que quelque chose de visqueux et de gluant lui frôle le visage.

« C'est le *kappa !* C'est le *kappa* qui me tient ! » se dit-elle en agitant frénétiquement les bras pour essayer de remonter à la surface.

Ses yeux sont grands ouverts et, engloutie dans ce monde glauque et glacial, elle pense qu'elle va mourir de peur et d'étouffement.

Soudain, elle émerge à la surface :

« Le *kappa !* Le *kappa !* » hurle-t-elle et ses cheveux mouillés lui recouvrent le visage.

Elle agite les mains dans tous les sens et essaie de nager. La barque est retournée et Carole a disparu.

Myeko sombre. Avant d'atteindre le fond, elle aperçoit une ombre noire qui s'avance vers elle sous l'eau et la saisit par le bras.

Elle remonte une fois encore à la surface, aspire une bouffée d'air et s'aperçoit alors seulement que c'est Carole qui la soutient !

« Carole ! Carole ! » Myeko respire profondément. « Tu as sauvé ma misérable vie ! Le *kappa* m'avait attrapée ! »

Elle se tait, haletante. Accrochée désespérément au bateau, elle aspire des bouffées d'air et frissonne.

« Myeko, nous ne sommes pas très loin du bord. Accroche-toi bien à la barque. Nous allons essayer de la faire avancer en faisant des mouvements de jambes jusqu'à ce que nous ayons pied. Je crois que nous n'avons que quelques mètres à faire. »

Elles s'approchent ainsi lentement du rivage et, bientôt, les pieds de Myeko s'enfoncent dans la vase molle et froide. Elles hissent le bateau assez loin sur la berge pour qu'il ne s'éloigne pas, puis elles s'assoient un moment sur un rocher. Il n'y a plus le moindre reflet rouge sur les eaux noirâtres du lac.

« Viens, Myeko. Il va faire nuit. »

Mais, en regardant l'ombre menaçante des grands arbres derrière elles, Myeko s'écrie :

« Il fait déjà nuit, Carole. »

Et elle a envie de pleurer.

« Comment allons-nous revenir ? »

La voix de Carole est anxieuse.

Myeko frissonne et regarde le ciel assombri. Si seulement il n'y avait pas tant de nuages ! Puis elle dit bravement :

« Souviens-toi de ce que maman-san nous a dit, Carole. C'est la pleine lune. Il faut attendre qu'elle se lève. »

L'attente leur semble interminable. Elles grelottent et se tiennent serrées l'une contre l'autre. Enfin, la lune paraît ! Elle monte de la terre obscure et les éclaire. Elle fait ressortir les rochers cachés dans le noir. Disque pâle et lumineux, elle est parfaitement ronde comme un bol de porcelaine.

A sa clarté blafarde, elles trouvent rapidement leur chemin. Elles n'étaient pas aussi loin qu'elles le croyaient. Lorsqu'elles arrivent au ponton, Miss Brighton s'élance vers elles en poussant un cri de soulagement.

« Mes enfants ! Mes enfants ! Enfin, vous voilà ! »

Miss Brighton est livide de peur à la clarté de la lune. Elle se précipite vers Carole et Myeko qui tremblent tant qu'elles peuvent à peine parler. De partout, des enfants arrivent en courant. Certains d'entre eux ont des lampes de poche. En voyant Carole et Myeko, ils s'exclament :

« On vous a cherchées partout !

– On vous croyait noyées !

– Ou mangées par un couguar... »

Miss Brighton enveloppe les deux rescapées dans des couvertures, puis, se retournant, elle s'écrie :

« Ne dites jamais de choses pareilles ! »

Reprenant son calme, elle commence à gronder les fugitives :

« Pourquoi êtes-vous parties ainsi sans permission ? Vous rendez-vous compte que vous auriez pu vous... »

Elle s'arrête comme si le mot ne pouvait franchir ses lèvres.

« ... tuer ! lance un garçon.

– Ou vous égarer et mourir de faim, dit un autre.

– Mes enfants ! »

Une des filles apporte des serviettes et Miss Brighton se met à frictionner énergiquement la tête de Myeko.

« Mais nous sommes tellement heureux que vous soyez saines et sauves que nous sommes prêts à tout vous pardonner. Et puis, vous avez déjà été assez punies comme cela ! »

Myeko claque si fort des dents qu'elle a de la peine à articuler un mot. Elle a encore trop peur pour penser à s'excuser. Elle finit pourtant par dire :

« Je regrette beaucoup, Miss Brighton. »

Elle est sincère.

« Je n'en doute pas ! »

Et Miss Brighton frotte les cheveux de Myeko avec encore plus d'énergie.

Le clapotis s'est atténué et la surface du lac n'est plus qu'un immense miroir, aussi noir que la nuit qui les entoure. Myeko peut voir son reflet dans l'eau. Le bas de son pantalon corsaire dépasse de la couverture dans laquelle elle est enveloppée. Carole est agenouillée à côté d'elle; elle porte le même pantalon. Mais maman-san avait raison : Carole et elle ne se ressemblent pas. Elle peut toujours essayer de s'habiller ou de se coiffer comme Carole, elle sera toujours Myeko.

Elle continue à grelotter bien que Miss Brighton lui ait retiré presque tous ses vêtements mouillés et lui ait fait mettre le tricot d'une de ses compagnes. Elle est bien silencieuse, sur le chemin du retour. Enveloppée dans sa couverture, assise dans un coin du car, elle est perdue dans ses pensées. De temps en temps, un accès de toux la secoue.

« Je crois qu'il faut que j'apprenne à bien monter à cheval et à bien nager si je veux ressembler à Carole », dit-elle en essayant de rire... mais elle se met à tousser encore plus fort.

Margaret se retourne pour lui dire :

« Ce n'est pas en nageant et en montant à

cheval comme Carole que tu lui ressembleras. Il n'y a qu'une personne au monde comme Carole et c'est elle !

– C'est vrai, Margaret, dit Miss Brighton. Mais, malgré tous ses efforts, Carole non plus ne pourrait pas ressembler à Myeko ! »

La route est mauvaise et tortueuse. Myeko tousse et frissonne. Et, bien qu'elle n'en dise mot, elle ne peut s'empêcher de penser au *kappa* et à son effroi quand elle s'est enfoncée dans l'eau sombre et glacée ! Elle est certaine que c'est un *kappa* qui l'a entraînée et, pourtant, à la réflexion, elle sait bien qu'ils n'existent pas.

Comme si elle devinait les pensées de Myeko, Carole lui demande :

« Quel est le mot que tu as prononcé en sortant de l'eau ? *Kappa ?* Ta mère t'avait dit d'y faire attention. Qu'est-ce que c'est ?

– Rien, rien ! Des inventions ! Les *kappas* qui essaient de noyer les enfants n'existent pas. Je sais que c'est la grenouille qui m'a frôlée sous l'eau et que l'ombre que j'ai vue était seulement ton bras. »

Quand le car s'arrête devant le portail de sa maison, Myeko se précipite à l'intérieur et ressort aussitôt en tenant à la main ses jolis *pu-kirri* neufs. Elle les regarde longuement, puis les tend à Carole.

« Prends ce petit cadeau... Je te remercie de tout cœur, tu sais !

– Oh ! c'est trop beau ! Je ne peux pas accepter ! »

Les yeux de Carole sont rivés aux sandales.

« C'est bien agréable d'avoir de jolies socques rouges, dit doucement Myeko. Mais c'est cent fois plus merveilleux d'avoir une amie comme toi ! »

Et elle lui donne les *pu-kirri.*

Après cette aventure, Myeko est très malade. Elle ne peut pas aller à l'école, mais elle est tellement abattue qu'elle ne s'en rend pas compte. Pendant toute une semaine, elle ne fait que dormir. Elle ouvre docilement la bouche quand maman-san lui donne un médicament ; pourtant tout lui est indifférent.

La semaine suivante, elle peut s'asseoir dans son lit. Chou-chou-san lui tient compagnie. Maman-san met sa cage à côté du lit de Myeko et elle lui parle de toutes sortes de choses. Souvent il gazouille et semble lui répondre comme s'il comprenait ce qu'elle dit.

Carole, Margaret, Joanne et Orville viennent la voir.

Enfin, au bout de quinze jours, Myeko est

presque guérie. Mais le docteur ne veut pas qu'elle retourne en classe avant d'avoir repris des forces. Alors, elle commence à s'inquiéter de son travail. Comment pourra-t-elle rattraper les autres ? Elle n'est pas très bonne en arithmétique. Il lui faudra des années pour se remettre à flot !

Un jour que Carole est venue la voir, Myeko lui dit :

« Comment vais-je faire pour rattraper tout mon retard ?

– Oh ! ne t'en fais pas ! Tu travailles si vite que tu y arriveras bien !

– Je suis très lente en arithmétique. »

Myeko croise les mains sur son couvre-pied à fleurs.

« Je peux te sortir de l'eau, mais je suis tout à fait incapable de t'aider à faire tes problèmes. Il faut qu'on m'aide ! C'est te dire ! »

Carole semble réfléchir profondément :

« La seule qui soit vraiment bonne en arithmétique dans notre classe, c'est Harriet. »

Myeko fronce les sourcils et, du doigt, elle suit le contour d'une fleur rouge sur son couvre-pied. Elle ne dit rien pendant un bon moment. C'est probablement une idée saugrenue, mais tant pis !

« Pourrais-tu demander à Harriet si elle

veut bien venir me voir demain après-midi ? »

Le lendemain, Harriet vient comme Myeko l'avait espéré. Elle paraît mal à l'aise. Puis, voyant Myeko, elle a un petit sourire crispé.

« Bonjour, Myeko. Je suis désolée que tu sois malade.

– Bonjour, Harriet. C'est gentil d'être venue me voir. »

Chou-chou-san se met à gazouiller et Harriet lève les yeux vers la cage :

« Oh ! le joli petit oiseau ! Je n'en ai jamais vu de pareil !

– Il s'appelle Chou-chou-san. »

Myeko trouve aussitôt Harriet plus sympathique : elle aussi aime les oiseaux. Elle sort son livre d'arithmétique et son ardoise de sous son oreiller :

« Harriet, pourrais-tu aider une pauvre élève à comprendre ses problèmes ? Tu as toujours de si bonnes notes et, moi, je n'y comprends pas grand-chose ! »

Harriet paraît très surprise. Elle se mord la lèvre, ne sachant que dire. Elle balbutie enfin :

« Es-tu sûre que c'est mon aide que tu veux, Myeko ? Nous n'avons jamais... Je veux dire, je n'ai pas...

– Oui, Harriet. J'en suis sûre. Il n'y a que toi qui puisses m'aider.

– Bon. »

Harriet a un mouvement d'épaule, comme si elle ne comprenait pas. Puis elle s'assied sur le bord du lit de Myeko et ouvre le livre d'arithmétique :

« Autant commencer tout de suite. »

A partir de ce jour-là, Harriet vient régulièrement pour aider Myeko. Et, presque chaque fois, elle apporte des miettes de pain ou un reste de fruit de son déjeuner pour Chou-chou-san.

« Quel gentil petit oiseau ! J'ai l'impression qu'il m'aime bien ! »

Harriet a l'air heureux quand Chou-chou-san s'approche pour prendre le quartier d'orange qu'elle lui tend. Elle se donne beaucoup de mal pour faire comprendre à Myeko ses problèmes. Et, quand celle-ci ne saisit pas tout de suite, Harriet ne s'impatiente jamais. Au contraire, elle lui dit :

« Nous allons recommencer. »

Myeko est très surprise de l'attitude d'Harriet. Elle se dit qu'elle ne la connaissait pas sous son vrai jour. Et, peu à peu, elle devient son amie. Parfois, Myeko pense à l'histoire de la peinture renversée, mais elle n'en dit mot. Mieux vaut tout oublier et repartir à zéro.

Myeko est très heureuse d'avoir Harriet pour amie. Elle est différente de Carole, et

Myeko l'aime pour d'autres raisons. Carole ne s'intéresse pas à la lecture autant que Myeko, mais Harriet adore lire et elle apporte beaucoup de livres à Myeko pendant que celle-ci est malade.

« A l'allure où tu lis, tu sauras bientôt plus d'histoires américaines que moi ! Ce n'est pas juste ! Moi, je ne peux pas lire d'histoires en japonais. »

Myeko cherche dans une valise derrière son lit et en sort un livre :

« En voilà un que j'aime beaucoup. »

Elle ouvre le livre à la page qui représente un petit chien blanc.

« C'est l'histoire de Pochi, un chien très fidèle qui passe par toutes sortes d'épreuves pour que son maître réussisse et connaisse le bonheur.

– Merci beaucoup. »

Harriet commence à feuilleter les pages et à regarder les images aux couleurs vives. Elle tombe en arrêt devant un moineau vêtu d'un kimono :

« Comme il est drôle ! Mais comment faire pour lire l'histoire ? Je n'ai pas autant de chance que toi : je ne connais qu'une seule langue et, pour moi, ces signes n'ont ni queue ni tête ! »

Harriet met le livre à l'envers en riant,

puis elle l'ouvre et commence à tourner les pages de droite à gauche à la manière occidentale. Myeko éclate de rire. C'est trop drôle ! Comment Harriet espère-t-elle comprendre, même les images, si elle commence le livre par la fin ?

« Pourquoi ris-tu ?

– Ne t'inquiète pas, Harriet ! Je ne me moque pas de toi. Seulement, les livres japonais s'ouvrent à l'inverse des vôtres. Ils commencent par ce qui serait le dos d'un livre occidental et on tourne les pages de gauche à droite.

– Maintenant, je commence à comprendre ce que tu as dû ressentir quand tu es arrivée ici ! »

Harriet prend le livre dans l'autre sens et l'ouvre correctement.

« Dis, Myeko. Voilà une histoire qui a l'air amusante ! Qu'est-ce que c'est ? Je n'ai jamais vu de souris avec un kimono, et un éventail ! »

Myeko prend le livre et l'ouvre sur son lit. Elle sourit, car le conte de la souris Nezume-san est un de ceux qu'elle préfère.

« C'est l'histoire d'une famille souris qui avait pour fille une très jolie petite souris. »

Myeko se met à rire, car ce début semble un peu bête.

« Elle était toute blanche avec de grands yeux roses et brillants.

– Ce ne doit pas être mal, pour une souris, dit Harriet en s'approchant pour mieux voir l'image.

– Nezume-san aimait Chusuke-san qui n'était qu'un jeune souriceau sans noblesse. Or sa famille voulait qu'elle épouse quelqu'un de riche et de puissant. Ils allèrent donc l'offrir en mariage au soleil, pensant qu'il était le plus puissant du monde.

– Au soleil !

– Oui, au soleil ! Mais celui-ci refusa en disant que Kumo-san, le nuage, était plus puissant que lui puisqu'il pouvait obscurcir sa lumière. »

Myeko tourne la page. L'image suivante représente un joli petit nuage blanc. Deux souris grises, vêtues de kimonos noirs, le regardent, Nezume-san à leur côté.

« Tu vois, la voilà ! N'est-ce pas qu'elle est élégante dans sa belle robe de mariée rouge, avec sa splendide coiffure ?

– Et que dit le nuage ? demande Harriet, fort intéressée.

– Il répondit qu'il n'était pas non plus le plus puissant, car le vent, Kaze-san, pouvait souffler sur lui et l'emporter au loin. Aussi allèrent-ils voir Kaze-san.

« – Voici notre fille que nous désirons « vous donner en mariage », dirent-ils au vent.

– Et lui, est-ce qu'il a bien voulu l'épouser ?

– Lui non plus ! Il répondit que Kabe-san, le mur, avait le pouvoir de l'arrêter dans sa course et qu'il était par conséquent plus puis-

sant que lui. Alors ils se mirent à la recherche de Kabe-san et lui dirent la même chose. Mais ils commençaient à être fatigués et les yeux de la pauvre Nezume-san étaient pleins de larmes et ses moustaches tremblaient ! »

Myeko tourne la page.

« Ce n'est pas étonnant : après tant de

refus ! Je parie que le mur n'a pas voulu d'elle non plus ?

– Tu as deviné juste, Harriet. Et heureusement ! Car Kabe-san leur dit que Chusuke-san, le souriceau, était encore plus puissant que lui puisqu'il pouvait percer un trou à sa base ! C'est amusant, tu ne trouves pas ? »

Myeko tend l'image à Harriet :

« Regarde ! Voici leur mariage, qui fut très réussi. »

Et, comme dans tous les contes, ils vécurent très heureux et eurent beaucoup d'enfants.

« Oh ! quelle belle histoire ! »

Harriet prend le livre sur le couvre-pied et regarde encore les images.

« Est-ce que je pourrais l'emporter chez moi pour essayer de comprendre les autres histoires ?

– Bien sûr, Harriet. »

Après le départ d'Harriet, Myeko se sent réconfortée par cette visite amicale. Oui, c'est une belle histoire et, en y réfléchissant, Myeko se demande s'il ne s'en dégage pas une morale. Elle n'y avait jamais pensé, mais peut-être est-elle comme Chusuke-san ? Ce n'était qu'un pauvre souriceau tout ordinaire mais, en faisant bien son travail, il était plus fort que Kabe-san, le grand mur. Il en est peut-être ainsi de tout le monde ? Ce n'est pas parce qu'on est petit qu'on est sans importance.

Myeko se laisse aller sur son oreiller en soupirant. Elle est très fatiguée, car elle n'est pas encore tout à fait guérie. Mais elle est heureuse de penser que, dans ce nouveau pays, il y a peut-être quelque chose qu'elle peut faire pour ses amis, même en étant toute petite. Mais quoi ?

Enfin, Myeko peut retourner en classe et elle s'en réjouit. Comme elle est contente de voir que, grâce à Harriet, elle n'est pas du tout en retard en arithmétique ! Son cœur déborde de reconnaissance.

Un jour, Harriet vient trouver Myeko juste avant la récréation et lui tend une enveloppe :

« J'espère que tu pourras venir à mon goûter d'anniversaire, Myeko. C'est la semaine prochaine. »

En regardant le petit carton d'invitation, Myeko sait tout de suite le cadeau qu'elle va faire à Harriet. Mais cela va lui coûter beaucoup... énormément !

Chapitre 9

Le cadeau de Myeko à son pays d'adoption

Qu'elle fasse de la peinture dans le jardin, qu'elle époussette le *tokonoma* ou qu'elle arrose les iris, Myeko pense tout le temps au cadeau qu'elle a décidé de faire à Harriet-san. En rangeant sa chambre, elle en parle même à Chou-chou-san !

Le jour du goûter d'anniversaire est un beau jour d'octobre tout ensoleillé et Myeko se rend à pied chez Harriet avec Carole. Myeko a enveloppé son cadeau dans une étoffe bleu et blanc et elle le transporte avec de grandes précautions.

« Quel drôle de paquet, Myeko ! Pourquoi l'avoir enveloppé dans un morceau de tissu ?

Qu'est-ce que tu vas donner à Harriet ?

– Tu le sauras bientôt. »

Et ses yeux brillants disent que c'est un secret.

Quand elles arrivent chez Harriet, il y a déjà beaucoup d'enfants qui tous parlent avec animation. Et puis il y a Orville, occupé à vider un bol de cacahuètes à toute vitesse.

Harriet est très affairée à accueillir ses amis, à prendre leur manteau, à ouvrir ses cadeaux. Myeko pose son paquet sur la table

et arrange soigneusement le ruban rouge qui l'entoure.

Après avoir ouvert plusieurs paquets, Harriet aperçoit celui de Myeko.

« Qu'est-ce que c'est ? »

Elle enlève le morceau de tissu et que voit-elle ?

Chou-chou-san en personne dans sa cage en bambou. Il se penche pour aiguiser son bec sur un barreau, puis il relève la tête et se met à chanter. Harriet se retourne, tout étonnée :

« Qu'est-ce que Chou-chou-san fait ici ?

– Tu ne devines pas ? C'est mon cadeau d'anniversaire ! »

Harriet regarde longuement Myeko, sans dire un seul mot. Puis elle regarde Chou-chou-san. Enfin, elle s'assoit sur une chaise. Elle a l'air très malheureux.

« Je ne comprends pas. Pourquoi me fais-tu un si beau cadeau ? »

Elle tend le bras vers ses petits amis :

« Tout le monde sait que je n'ai pas toujours été très gentille avec toi. »

Myeko dit très vite :

« C'est peu de chose en comparaison de toute l'aide que tu m'as apportée pour mon arithmétique !

– Mais tu oublies la fois où... »

Harriet se tourne vers les autres enfants.

« ... la fois où j'ai laissé tout le monde croire que c'était toi qui avais renversé la peinture bleue ! Je ne l'avais pas fait exprès... je t'assure. Je voulais seulement remettre un pinceau sur l'étagère et le pot s'est renversé. Alors j'ai pensé que, comme on croyait que c'était toi... oh !... je ne mérite pas que tu me donnes ton oiseau ! »

Carole prend alors la parole et dit très fort, pour que tout le monde l'entende :

« Oh ! Harriet, ça suffit ! Myeko te donne Chou-chou-san parce qu'elle est contente que tout cela soit oublié et que vous soyez maintenant des amies. »

Myeko approuve de la tête et sourit :

« Oui, oui, Carole. C'est exactement ça. »

Et elle tend la main vers Harriet, avec le petit doigt replié, en disant :

« *Yubikiri.*

– Comment ? dit Harriet, ébahie.

– Je veux être ton amie, Harriet-san.

– C'est une façon de se réconcilier, Harriet, dit Carole.

– *Yubikiri !* » dit Harriet en prenant le petit doigt de Myeko dans le sien.

Puis elle se met à sourire et regarde le petit oiseau.

« Je prendrai bien soin de lui, Myeko. Mais il faudra que tu viennes le voir très souvent. »

Cet après-midi-là, quand Myeko rentre chez elle toute joyeuse après un bon goûter, maman-san lui dit :

« Myeko, j'ai une merveilleuse surprise pour toi. Tu vas sauter de joie !

– Qu'est-ce que c'est, maman-san ?

– Nous allons retourner au Japon très bientôt ! »

Le petit visage de Myeko se fige. Elle n'est pas contente. Elle n'a pas envie de sauter de joie. Elle ne sait que penser. Elle ne veut pas quitter son nouveau foyer pour retrouver l'ancien. Pourtant, en évoquant Osaka, Obaa-san et Ojii-san, elle désire de tout son cœur les revoir encore une fois.

« Pourquoi avons-nous décidé de partir tout d'un coup ? demande Myeko. Il doit se passer quelque chose d'extraordinaire ?

– Oui, quelque chose de merveilleux. »

Le visage de maman-san est tout épanoui de joie.

« Ta tante Reiko-san se marie.

– Oh ! que je suis contente ! »

Myeko aime beaucoup la jeune sœur de sa mère. Elle est gentille et jouait parfois tout l'après-midi avec Myeko. Elle a un rire joyeux et une démarche gracieuse.

« J'espère qu'elle sera très heureuse ! »

Puis elle se met à sauter de joie, car c'est toujours très amusant d'aller à un mariage.

« Ce sera une cérémonie spéciale, Myeko. Le mari de Reiko-san va être adopté par Ojii-san et par Obaa-san; il sera ainsi leur héritier car, comme tu le sais, je n'ai pas de frères.

– Et papa-san ? dit Myeko soudain attristée. Pourquoi Ojii-san et Obaa-san ne l'adoptent-ils pas, lui, pour en faire leur héritier ?

– Je sais que c'est difficile à comprendre pour une petite fille comme toi mais, vois-tu, papa-san est un fils aîné et, par conséquent, l'héritier de ses propres parents. Mes parents ne peuvent donc pas l'adopter. Tandis que le mari de Reiko-san est un fils cadet, tout comme ta tante est ma cadette; il n'est donc pas l'héritier de sa famille. »

Maman-san a bien raison de dire que c'est compliqué ! Myeko pense qu'elle a compris quand même. Et ce qu'elle comprend, en tout cas, c'est qu'ils vont aller au Japon !

A l'école, les enfants parlent de nouveau d'*Halloween* et commencent à préparer les décorations. Myeko pense à son voyage au Japon et elle est tantôt triste et tantôt joyeuse. Elle prend un pastel jaune en se demandant si une citrouille japonaise* ferait un joli lampion. Puis elle se met à dessiner une grosse citrouille jaune avec des yeux, un nez et une bouche. Elle ne ressemble pas du tout aux autres !

Orville vient la regarder d'un œil critique.

« Oh ! quel drôle de lampion ! Tu devrais t'en tenir aux lanternes japonaises, Myeko. »

* Pour *Halloween,* les enfants américains font des lanternes en forme de visage dans de grosses citrouilles rondes et orange. Les citrouilles japonaises sont différentes de l'espèce cultivée en Amérique.

Et Orville commence à la taquiner comme il en a l'habitude.

« Comment ça se fait ? Vous ne savez même pas ce que c'est qu'*Halloween* au Japon ? »

Joanne se joint à lui pour demander :

« Est-ce que vous célébrez *Halloween*, Myeko ? »

Myeko fait un effort pour ne pas se mettre en colère. Comme Orville est agaçant avec ses taquineries !

« La pauvre Myeko n'a jamais vu de lanterne avant de venir aux Etats-Unis ! C'est pour ça qu'elle ne sait pas les dessiner ! » insiste Orville.

Carole lève la tête :

« Tu m'as parlé d'une fête japonaise qui s'appelle *O-Bon*, Myeko. Est-ce que ce n'est pas un peu comme *Halloween* ?

– Je t'en prie, Carole-san ! dit Myeko avec un mouvement d'humeur. Il faut toujours que quelqu'un me pose des questions sur le Japon ! Ne me parlez plus du Japon. J'habite maintenant aux Etats-Unis ! »

Carole demeure silencieuse et les autres enfants aussi. Ils semblent étonnés que Myeko se mette en colère pour une question aussi simple.

Margaret s'approche :

« Eh bien vrai, Myeko. Qu'est-ce que tu as ? »

Et Carole dit à son tour :

« Oui, qu'est-ce qu'il te prend ? Tu as toujours été si généreuse jusqu'à présent. Ce n'est pourtant pas grand-chose de nous faire

profiter de ce que tu as vu ! Après tout, nous, nous n'avons jamais eu la chance de vivre dans un autre pays. »

Et, soudain, Myeko comprend ce que les autres veulent dire. Elle se souvient de ce qu'elle a ressenti quand elle a failli se noyer et qu'elle s'est aperçue qu'elle serait toujours différente. Le jour se fait dans son esprit : cette différence, c'est peut-être le cadeau à faire à son pays d'adoption. Comment ne l'a-t-elle pas compris plus tôt ? C'est ce que papa-san a essayé de lui dire. C'est seulement pour s'instruire que les enfants la questionnent. Et, si Orville la taquine, c'est parce qu'il est insupportable et qu'il le sera toujours !

Sa voix s'adoucit pour leur dire :

« Je veux bien vous parler d'*O-Bon.* »

Et, de ses doigts agiles, elle se met à dessiner des lanternes d'*O-Bon* de toutes les couleurs pour leur montrer. Cela la fait penser à son voyage au Japon.

Orville regarde les dessins et se met à siffler :

« Eh bien, on peut dire qu'elles sont drôlement mieux que tes lanternes américaines ! »

En rentrant de l'école, Myeko demande à maman-san :

« Quand allons-nous retourner au Japon, maman-san ?

– Dans deux semaines seulement, Myeko-chan. Papa-san a beaucoup de choses à faire pour Obaa-san et Ojii-san à Osaka et nous resterons là-bas près d'un mois. »

Un mois ? Un mois ? Myeko a un sourire heureux :

« Oh ! c'est merveilleux, maman-san. Comme je suis contente de revoir Obaa-san et Ojii-san ! »

Myeko va regarder le grand calendrier accroché à un mur de la cuisine.

« Quel jour partirons-nous, maman-san ?

– Le 10 novembre, Myeko-chan.

– Et quand reviendrons-nous, maman-san ?

– Vers le 10 décembre, Myeko-chan. Pourquoi me demandes-tu cela ?

– Quelle chance ! s'exclame Myeko en sautant de joie. Nous serons rentrés pour Noël ! »

Et elle part en courant dans sa chambre, car elle a beaucoup de choses à faire avant leur départ. Il faut qu'elle se mette dès maintenant à préparer les décorations pour l'arbre de Noël de l'école, elle n'aura plus le temps par la suite.

Myeko prend une feuille de papier doré et la plie avec adresse. Et voici que, sous ses doigts agiles, prennent peu à peu naissance l'ange de Noël, le renne, l'étoile...

Petit lexique
des mots japonais

-chan : Suffixe apposé au nom d'une personne qui vous est inférieure dans l'échelle sociale. Par exemple quand un parent s'adresse à un enfant ou qu'un professeur s'adresse à un élève (voir *-san*).

Chusuke (dans *Chusuke-san*) : Mot imitant le bruit que fait une souris.

Happi : Ample vêtement de coton ressemblant à une longue chemise avec de larges manches.

Hina-Maturi : Fête des « pêchers en fleur » ou fête des poupées ou fête des petites filles. Elle est célébrée le troisième jour du troisième mois du calendrier japonais.

Ikebana : Art de faire les bouquets.

Kabe : Mur.

Kabuki : Forme de théâtre populaire avec des chants et des danses, des costumes compliqués, des dragons et des démons.

Kappa : Terrifiante créature imaginaire qui habite le fond des lacs et des rivières; essaie d'attirer les gens (et en particulier les enfants) pour les noyer.

Kaze : Vent.

Kumo : Nuage.

Nezume : Souris.

Obaa-san : Grand-mère.

Obento : Sorte de petite gamelle très mince et très plate.

O-Bon : Fête célébrée au Japon au mois de juillet en l'honneur des morts. La coutume veut que ceux-ci reviennent sur terre ce jour-là. On suspend des lanternes au-dehors pour les aider à retrouver le chemin de leur maison.

Ojii-san : Grand-père.

O-Ningyo-san : Poupée. (*O-*, de même que *-san,* est un terme de respect ou un terme « honorifique ». Ici, la double formule de politesse indique que les Japonais considèrent les poupées comme des trésors de famille.)

Origami : Art de faire des pliages en papier.

Osaka : Ville du Japon.

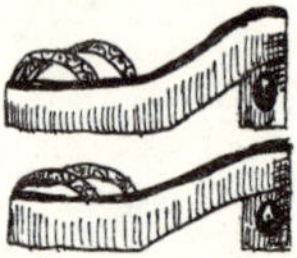

Pu-kirri : Sandales qui ont généralement de hauts talons triangulaires et creux à l'intérieur desquels se trouvent des clochettes.

Sukiyaki : Sorte de ragoût fait de minces tranches de bœuf, d'oignons et de soja.

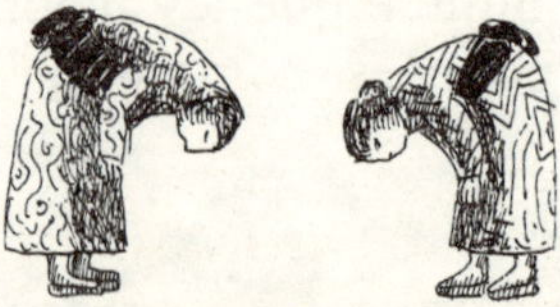

-san : Terme de politesse ajouté au nom d'une personne, ou d'une chose, qui peut se traduire par « honorable » ou « respecté ».

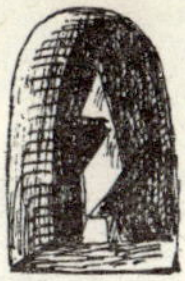

Tokonoma : Niche spécialement creusée dans l'un des murs de la salle de séjour et dans laquelle les Japonais placent une œuvre d'art.

Tukimi : Soirée du début de l'automne, après la moisson, spécialement consacrée à admirer la lune.

Yubikiri : « Soyons de nouveau amis ». Pacte conclu par deux enfants qui se réconcilient après une dispute. Ils prononcent ce mot en se tenant par l'auriculaire de la main droite.

Yukata : Vêtement très simple, semblable au kimono, mais plus ample et plus léger.

Table

Composition réalisée par COMPOFAC - PARIS

IMPRIMÉ EN FRANCE PAR BRODARD ET TAUPIN
Usine de La Flèche, 72200.
Dépôt légal Imp : 3852 B-5 – Edit : 9990.
32-10-0413-12-8 – ISBN : 2-01-014771-5.
Loi nº 49-956 du 16 juillet 1949 sur les publications destinées à la jeunesse.
Dépôt : mars 1994.

P
--
64